巴黎丛书

COLLECTION DE PARIS

它流过城市，就像流过一个决斗场，

所到之地，把路石变成了小岛，

它缓和每个生者的干渴，

一路把自然染成红色。

A travers la cité, comme dans un champs clos,
Il s'en va, transformant les pavés en îlots,
Désaltérant la soif de chaque créature,
Et partout colorant en rouge la nature.
—Charles Baudelaire (1821-1867),
La Fontaine de sang. (Les Fleurs du mal.)

rouge

红 色 系 列

蓝色思想
PENSER bleu

白色生活
VIVRE blanc

红色创造 ●
CRÉER rouge

马拉美与莫里索书信集

Correspondance de Stéphane
Mallarmé et Berthe Morisot (1876-1895)

[法] 奥利维埃·道尔特 Olivier Daulte

马尼埃尔·迪佩推 Manuel Duperthis 编

墨飞 译

华东师范大学出版社六点分社　策划

献给德尼和安妮·胡阿，

感谢他们的热忱，本书才得以面世。

目　录

贝尔特·莫里索：理性的勇敢

马里亚娜·德拉封

她是一位坚韧独立，高贵优雅的女性；她"性格含蓄内敛，待人诚恳，举止得宜，散发出无穷的魅力"①，她对绘画如痴如醉，敢于挑战传统。她的个性气质在画作中展露无疑。这样的一个女人，她一生追求的不正是歌颂幸福吗？为了完成这个使命，她放弃了平庸的享乐，不惮向传统的美学原则挑战，不屈不挠地奋斗。

　　1841年6月14日，贝尔特出生于布尔日②一个富裕的书香门第家庭，排行第三。父亲伊丹·提比尔斯·莫里索刚被任命为谢尔省省长。曾经担任过皇家官邸建筑师兼检验官的老莫里索，希望儿子伊丹能走上艺术之路。伊丹也曾想过听从父命，但最后还是离开建筑业，转而从政。

　　依芙、艾玛、贝尔特和弟弟提比尔斯接受的是传统教育，

---

①　保罗·瓦莱里《贝尔特·莫里索画展目录序言》，橘园美术馆，1941年。
②　［译注］布尔日（Bourges），位于法国中部耶弗尔（Yevre）河畔，是谢尔省（Cher）的省会。

但这四姐弟都颇具创造力。贝尔特很爱回忆这段往事：

　　……我说我像祖母，仅仅是指容貌上的相似，要
是她能生在我这个条件优越的年代，一定处处比我
强……祖母名叫玛莉-卡罗利·娜梅妮尔……她善
良聪颖，接受了当时一个女孩子所能接受的最好教
育，她不光能用优雅得体的法语流利地书写，还通晓
古代史和自然科学的基础知识……我们经常为诸如
阿拉伯半岛中部岩石地带这类有意思的话题争论不
休，她的知识面和见解常让我惊异不已，这更让她坚
信自己已经达到女性知识分子进步的顶峰。没有人
比她更像一个典型的南方人，在任何大胆无礼的话
语面前毫不退缩，我想也许她这一生从未让一个男
人对她行过吻手礼。她对人轻言信任，而且迷
信……生气时像个男人一样口出粗言。人们很难相
信她也会如此满怀激情，如此活泼欢快，如此充满幻
想。她当初如有机会接触真正的理性教导，而不这
么时不时冒出稚气十足的闲言碎语的话，她一定会
更加优雅迷人……

　　至于我的母亲玛莉·柯妮莉亚，年纪轻轻就嫁
给了提比尔斯·莫里索，她对丈夫迷恋不已，热衷于
社交。生活的顺遂让她飘然陶醉，要不是对丈夫满
心爱慕，她准会被身边朋友的奉承之言迷晕。母亲
幽默天真，优雅善良，她的文笔优美从容……没有受
过什么教育（祖母亲自教育她。拜祖母的好性情所

赐，她仅仅学会了文字拼写，还是以被打耳光的方式习得）。母亲仅靠阅读及人情来往就获取到良好的社交关系。她可爱的天性轻易赢得了他人的喜爱。①

没什么自娱娱人的天分……简直就是场灾难

先后在外省几个城市供职之后，伊丹·提比尔斯·莫里索因忠诚于皇帝受到赏识，于1852年赴巴黎升任审计法院的审核官。莫里索一家迁到帕西区一幢美丽的小公馆。当时的帕西区田园味十足。莫里索太太很想让三个女儿接受完整、系统的教育。她还让孩子们学钢琴，并师从肖佳纳②学画。提比尔斯描述说，这位画家

在里尔大街一幢楼房的三楼授课。那里天花板低矮，厚窗帘垂放的客厅非常昏暗，显眼处的画架上摆着一个豪华大画框，画中的年轻女性温柔沉静，满头卷发梳理得一丝不苟，裸露的上身因此更显突兀。她端坐在开满点点雏菊的山坡上，花瓣清晰可数。她下身着古典式样的褶皱长裙，双臂高举，目光被漂浮着云彩的蓝天吸引，眼里流露出哀怨的深情。画中蓝又过蓝，白云过白。画框下方刻着画题《祝圣》，画题下还贴有美术沙龙的入选作品编号。

---

① 《贝尔特·莫里索笔记(1890)》，马蒙丹美术馆，第37—45页。
② ［译注］Chocarne Geoffroy-Alphonse(1797—1857)，法国画家。代表作《画家梵·德尔·穆朗画像》，现收藏于凡尔赛国家美术馆中。

　　肖佳纳大人的大作入选沙龙展后,未寻得买主,
又转回家中。他把这归咎于德拉克罗瓦"先圣"①及
浪漫主义趣味的败坏。肖佳纳教授的入门课程是绘
画线条:平面画成直线,凹凸面画弧线,阴影处的线
条密集,明暗交界处线条稀疏,接近光源的地方只需
草草几笔。②

　　艾玛和贝尔特认为老师太拘泥于成规,不久她们就希望
更换老师。依芙则决定放弃学画。三个女孩都没能通过法国
美术学院的入学考试,母亲改送她们到离家不远的里昂画家
约瑟夫·纪沙处继续学画,纪沙曾师从安格尔和德拉克罗瓦,
也是柯罗③的朋友。

　　很快地,纪沙就对学生的天赋大为赞叹:"以您女儿们的
天分,她们不会满足于用我传授的知识做些自娱娱人的消
遣,她们一定会成为大画家。您明白我的意思吗?在像您这
样的大富之家,成为画家将无异于一场革命,我会称其为一
场灾难。您确信不会有那么一天,您会怨恨艺术这个东西,
恨它进入您如此平静的家庭生活,全权主宰您两个孩子的
命运?"④

---

① [译注]这里模仿肖佳纳的口音,把"先生"说成"先圣"。
② 富赫,1925年,第9—10页。
③ [译注]Jean-Baptiste-Camille Corot (1796—1875),法国著名的印象派画家。
　最初接受的是新古典主义教育,他的艺术生涯汇合了十九世纪所有的主流,
　并为当时刚出世的印象主义开辟了道路。他坚持旅游写生,足迹遍布全法国
　及意大利等国。
④ 富赫,1925年,第11—12页。

　　莫里索太太没有理会这些预言，依旧让女儿们继续学画。

　　纪沙给贝尔特讲授艺术史，并以卢浮宫收藏的大师巨作为蓝本逐一教给她绘画的基本技巧。像 1856 年爱德华·马奈临摹提香的《朱庇特与安提俄珀》①那样，年轻的贝尔特提着画架选择临摹委罗内塞的作品《西蒙家最后的晚餐》②。小幅临摹作品已经展示出她在色彩方面的天分，她忠实地调制出了威尼斯大师所用的深绿及棕红色。

　　几年之后（1885 年），贝尔特回到卢浮宫临摹弗朗索瓦·布歇的画作《爱神与火神》时，对画家的才华大加赞赏："这个出色的大师兼具优雅及大胆：还有什么比胸膛涨满爱意的睡美人更加性感呢？"③她一生走遍了法国及欧洲的美术馆，为见到钟爱的大师画作激动不已：提香、委拉斯开兹④、华托⑤。她不懈地钻研大师们过人的技巧："我只爱先锋或古典的画风，还有那些独立的艺术家。我爱卢浮宫。"⑥

① ［译注］Titien（1490—1576），意大利文艺复兴后期威尼斯画派的画家，他将抒情色调与自然形象运用在人体形象上时，开创了自己的风格。他笔下的女性形象十分丰满，对马奈的创作影响很深。《朱庇特与安提俄珀》，又名《帕度的维纳斯》。

② ［译注］Véronése（1528—1588），他和提香同为意大利文艺复兴后期威尼斯画派的画家。《西蒙家最后的晚餐》，又名《利未家的宴会》。在画中，画家因描绘了诸如流鼻血的人，小丑，鹦鹉等凡夫俗物，而受到宗教裁判所的审讯。委罗内塞巧妙地将画题为《利未家的宴会》，以此表明画中的场景与最后的晚餐没有任何关系，从而了结了这桩公案。

③ 《贝尔特·莫里索笔记（1885—1886 年）》，马蒙丹美术馆，第 16 页。

④ ［译注］Vélasquez（1599—1660），十七世纪西班牙画家。马奈曾称赞他是"画家中的画家"。主要作品有《宫娥》和《镜前的维纳斯》。

⑤ ［译注］Watteau（1684—1721），十八世纪法国洛可可绘画大师，主要作品《舟发西苔岛》，《小丑》。

⑥ 《贝尔特·莫里索笔记》，马蒙丹美术馆。

永不忘记最初的印象

　　两姐妹厌倦了关在画室里创作,希望能"去室外写生",纪沙把她们介绍给朋友柯罗。这位室外风景画家的座右铭是"永不忘记最初的印象"。当时柯罗已经年届六十五岁,声名显赫。他给予两姐妹很多忠告,并指导她们完成了无数习作。贝尔特继续钻研纪沙曾经传授的绘画基本技巧,还得到了柯罗的指点:"绘画中最关键的,或者说我所追寻的,是形体,是整体,是色调的浓淡,之后我才注意到色彩的应用⋯⋯"①1861年,应柯罗的邀请,莫里索一家人到阿弗黑城②避暑。这年冬天,柯罗把自己意大利之行的习作借给贝尔特一一临摹,贝尔特后来只保存了《蒂弗利风光》。

　　莫里索太太总是盛情邀约柯罗参加晚宴,同席的客人有不少艺术家及音乐家,如阿弗雷德·史蒂文斯、卡洛勒斯·杜兰、皮维·德·夏凡纳、罗西尼。一次晚宴,柯罗把贝尔特和艾玛介绍给自己的学生兼友人——室外风景画家亚须勒·乌狄诺,后者成为她们新的良师益友。1863年夏天,乌狄诺邀请莫里索先生到位于他家附近的苏城避暑。这个小村庄座落在瓦兹河畔,位于蓬图瓦兹与奥佛之间,以"早期印象派诞生地"闻名于世。多比尼③就居住在这个村

---

① 莫劳·奈拉顿,《柯罗口述》,劳伦斯出版社,1924年,第45页。

② [译注]Ville d'Avray,地处巴黎西部近郊。柯罗曾在此居住,并绘有作品《阿弗黑城》。

③ [译注]Charles-François Daubigny(1817—1878),巴比松画派成员,善用铜版画技术表现大自然最细腻的调子。

庄里，杜米埃①和不少其他画家也经常到这里的野外寻找灵感。

不出多少时日，乌狄诺欣喜地看到学生进步了，他鼓励姐妹俩把作品寄给美术沙龙。这是画家的必经之路——在同期画家中脱颖而出，进而接受委托作画。1864年首次尝试，贝尔特就抓住了难得的好机会，她的两幅作品《瓦兹河畔的回忆》及《奥佛古路》雀屏中选。不过巴黎评论家对两姐妹的油画并不感兴趣，艾得蒙·厄堡写道："大家不妨去看一看贝尔特和艾玛·莫里索小姐的速写，这占用不了多少时间。直到看了作品说明，我才惊奇地发现原来是出自两位女画家之手。"②

次年夏天，莫里索先生无意中看到一则广告，诺曼底的布泽瓦有一间磨坊招租，他为女儿租下了这个磨坊。房东雷昂·喜瑟内的爷爷是路易十六的御用木工，叔叔是德拉克罗瓦，他本人也是一位画家。喜瑟内积极鼓励姐妹俩继续作画，他的太太给她们讲过一则家族名人的轶事："德拉克罗瓦调色异常精确。每天早上，连佣人珍妮都可以按吩咐帮他把调色盘弄好。与此同时，他就在天花板上画阿波罗，其实是让安德鲁爬上去画，他自己待在下面。有一天他在下面喊'用二号红'，安德鲁成心想考考他，暗地换上了三号红色，德拉克罗瓦大喊'不对不对，我说了用二号！'瞧，这完完全全是音乐家的艺术感。"③

贝尔特、艾玛与喜瑟内的两个女儿罗萨莉、路易丝交上了

---

① ［译注］Honoré Daumier(1808—1879)，法国杰出的写实主义画家，著名的讽刺漫画家。杜米埃还进行版画和雕塑创作，多次为《夏礼瓦礼报》制作版画。
② 艾得蒙·厄堡，《1864年沙龙展》，阿歇特出版社，1864年，第166页。
③ 《贝尔特·莫里索笔记(1885年，1887—1888年)》，马蒙丹美术馆，第12—13页。

朋友,她们还通过这家人结识了古隆纳公爵夫人。这名瑞士女子的另一个名字更为世人所知:女雕塑家马尔切诺。也许正是受了她的影响,贝尔特有一段时间放弃绘画转而学习雕塑。她的雕塑启蒙老师是家里的至交艾梅·米勒。

同姐妹俩的前几任老师一样,米勒为新学生的才华惊叹:"我在你们老师乌狄诺家给你们写信,我在这里遇到的事情让我难抑兴奋,想尽快告诉你们。乌狄诺把你们的习作跟作品推荐给同行布松先生。哎,我这支笨笔无法一字一句复述出他赞叹的话语。他可是彻彻底底地被你们的作品折服。他一而再再而三,问了整整三次你们的年龄。他说真是无法相信这画竟然出自十九、二十岁的年轻人之手。不过事实可是明摆着的。"①

弟弟提比尔斯从巴黎来信,在信里把老师仔细描述了一番,同时捎来了一个好消息:

　　昨天我在乌狄诺先生的画室里见到他,他几乎不放我离开。母亲写信说你们那儿天气不好。他激动地问:"真的吗? 这几个孩子,她们在那个鬼地方做什么! 她们会不会穿得太少着凉呀?"我答道:"我估摸着应该没事吧。""什么? 你估摸着……天啊,真是糟糕! 知道吗,你们这些人可真是……"我怎么会知道他想说什么,他的冲天怒气闹得我什么话也听不清。我只看到他两条重音符号似的壮观的浓眉倒

---

① 《胡阿1950年》,第12页。

竖起来，就像风暴前浓密的乌云般把他接下去的话
裹得密不透风，让周遭的人宛如身处暴雨天一样喘
不上气来。他可真是个绝妙的老实人哪！……

　　艺术圈内知名的报纸《法兰克福欧洲报》刚刚为
你们俩撰写了几行动人的赞赏之辞。他们提到了备
受瞩目的五位画界新星，我想你们俩都名列其中。
了不起啊！我都被这报道弄得激动起来了！姐姐
们，你们一定前途无量。等着瞧吧，我一定会赶上你
们的。哈哈！我是开玩笑的，我们推崇的艺术毕竟
毫无交集。不然的话，什么姐弟情谊，通通见鬼去
吧，在我眼里，你们只是竞争对手。在这种情况下，
每次听到人家称呼我是画家莫里索小姐们的弟弟，
我就恼火万分！大家都说，怎么，难道您不知道，贝
尔特·莫里索、艾玛·莫里索、依芙·莫里索、提比
尔斯·莫里索这四个人竟然是兄妹？一个家庭居然
出了四个天才！①

孩子们，加油啊！

　　在二十一岁那一年，贝尔特同当时许多接受同样教育的
同龄女孩一样，经历了想法杂乱的过程。如果说她也曾向上
帝求助的话，一定是因为在艺术发展上遇到了困惑与焦虑：

————————

① 《提比尔斯·莫里索致姐姐们的信(1864)》，马蒙丹美术馆。

　　追求越多,要求也就越高。我的身心时常都有跌落深渊的感觉。行动的低谷,梦想的低谷,回忆的低谷,愿望的低谷……美感的低谷……欢乐和恐惧都会让我变得歇斯底里。今天是 1862 年 1 月 23 日,我近来时常感到晕眩,我想这是一个不容忽视的警告。我一定是疯了,上帝先前给过我许多警示。我不能再这样坐以待毙,我要像珍惜生命最后的时刻一样珍惜每一个当下。我得把日复一日的生活内容,也就是工作,看成点点滴滴的幸福时刻。我得爱上工作,并且乐在其中。只有如此,才能让自己远离痛苦与哀愁的深渊!

　　今日事今日毕,明天的一切交由上帝去安排。坚定的信念与不灭的希望才能带给我无穷的力量。哪怕是片刻的踌躇不前都会让斗志松懈下来。这世上有多少因此而来的损失,需要日后加倍的努力来弥补!……努力工作,可以保持高昂的士气,可以带来健康的体魄,丰厚的财富,渐进的才智,还能培养出仁慈的情怀……每天上午,我都向上帝祈祷,向天父祈祷,向圣母祈祷。这祈祷是我拥有的力量,是我怀揣的正义的源泉……我祈祷能拥有足够强大的力量来完成我的使命。我祈祷我的母亲健康长寿,能见证我的进步与成长。我得长年累月地工作,直到我的气力耗尽为止。[①]

----

① 《贝尔特·莫里索笔记(1885,1887—1888)》,马蒙丹美术馆,第 103—106 页。

也就是在这一年，莫里索一家搬到富兰克林大街另一边一幢漂亮大楼的底层。莫里索先生在花园里给女儿们盖了一间画室。她们在画室里埋头工作，准备参加来年的美术沙龙。龚扎格·皮瓦特在名为《年轻人的舞台》的沙龙展观感中，激动地为两姐妹的画作叫好："在这副自谦为习作的作品里，贝尔特·莫里索小姐画出了一个身着白裙的年轻女孩，在鲜花盛开的小溪绿岸编织着绮丽的梦想。这幅油画色彩明亮，女孩身上的白色裙裾质地细软，色调温暖。画中的景色与女孩都用上了写实的风格，画家创作时活力充沛。可以预见，在不久的将来，这双优雅的贵族之手，将执起画笔向男人们展示，女人如何画出真正出色的作品……加油啊，孩子们！你们一定前途无量。我看得出你们也满怀信心与信念，决意奋斗下去。我衷心地为你们祝福。"①

莫里索太太当初坚持要送女儿学习艺术，如今也的确为孩子们的成就而骄傲，但她终究只是一位富人家庭的传统女性。在当时，无论是社会还是文化，都经历着重大变革，人们依旧认为艺术只是一项陶冶情操的爱好，受过"良好教育"的年轻女孩至少不能因此偏离了"正道"。再说，尽管评论界有那么几个赞扬的声音，可绝大多数还是很严苛的。莫里索太太很为她三个女儿的未来，更确切地说是为她们的婚姻而担心。不过，贝尔特还不需要操心，姑且让她自由发展。在潜意识里，莫里索太太不愿让最小的女儿感受到传统的压力，她自己当年的梦想就曾被这传统击得粉碎。

---

① 《年轻人的舞台——1865年沙龙画展絮语》，巴黎，第146—147页。

在 1866 年夏天的一封信函里,莫里索太太以轻松的笔调明白无误地表达出对长女依芙挑选求婚者的担忧:"泰奥多尔·戈比亚先生的确很得我的喜欢。他坦诚、忠实,性格也不错,我还肯定他的心肠很好。和他在一起,他们将来的共同生活一定会幸福。选择起来,我们也因此偏向他多一点。不过,我们才刚刚勉强接受他少了一条胳膊的事实,却又立即发现他有点耳背,已经几近耳聋。昨天,他天真地对我们坦白上次受伤时,大家都以为他救不活了,他的耳朵已经全聋,而且还失去了记忆。后来虽说记忆恢复了,可不时地还是想不起别人的名字。至于听力嘛,肯定是治不好的了。尽管赫蒙纳小姐说她见过不少这样的事,戈比亚先生肯定能治愈。就算他听力有缺陷,依芙也对他知之不深,可她还是喜欢他。至于那位医生嘛,依芙对他也不了解,却提都不想提。昨天晚上医生来和我们告别,他要远行去科西嘉岛。前几天跟依芙散步的时候,他还双眼满含柔情,昨天却一副一本正经的模样。我猜他一定心里有数,因此小心地掩饰着感情。我也看得出 M. G 是没什么希望的。至于最后一位,我们一点兴趣都没有,他压根就没登过门。总的来说,我很有把握依芙迫不及待想结婚,其中一位求婚者哪怕只要有一丁点强过另一位,依芙马上就会做出决定。"①

次年,依芙嫁给了泰奥多尔。

---

① 《玛莉-柯妮莉亚·莫里索致贝尔特·莫里索的信》,1866 年 8 月 29 日,马蒙丹美术馆。

马奈的学生兼模特儿

至于贝尔特，则继续在画室作画。另外，她还同艾玛、罗萨莉·喜瑟内一道在美第奇画廊临摹鲁本斯[①]。她不单画画，还结交朋友。方丹·拉图尔把贝尔特介绍给爱德华·马奈认识。在她的眼中，马奈是自由和现代的典范；在马奈的眼中，贝尔特迷人又勇敢。两人的友谊日渐深厚。

有迹象显示，马奈认为这个新朋友魅力无穷。1868 年起，他就请贝尔特与自己的继子雷昂·林候、音乐家法妮·克劳斯、画家安托万·吉耶美站在一起，为《阳台》做模特儿。

整整六年，贝尔特一直是爱德华最钟爱的模特儿之一。他曾十次请她为自己充当模特儿。其中有七幅画作是描绘贝尔特的面容，她的双眼"变成了黑色，而不是原来的暗绿色"。[②]在这些画里，贝尔特或陷入沉思，忧郁万分，为不幸而动情；或手执绢扇，显得性感迷人。很少有女性形象以这种锐利的洞察性呈现出来。马奈也从未如此主动、深入地去探究画中人物的个性及"灵魂"。不过，马奈从没把贝尔特作为一个画家来表现。艺术难道不依旧是男人的属地吗？

见过《小憩中的贝尔特·莫里索》的人，无不为其色调、题材，为其惊人的表现力度，强烈的颜色对比所打动。花布上厚

---

① ［译注]Rubens (1577—1640)，巴洛克绘画大师，他成功地将意大利与弗拉芒(Flandre)的艺术传统融合在一起。鲁本斯最精彩的是人物画。他作品的特征在于主题充满戏剧性的冲突。

② 保罗·瓦莱里，《贝尔特·莫里索画展目录序言》，涂氏画廊，1926 年，第 3 页。

厚的一层黑色在遭遇放肆明亮的白色后稀释成细细浅浅的纹路,粗犷的主线条衬托出娇柔的面容,带来一种出奇的美丽。画中人深邃而闪烁的目光放肆不羁,似乎想看穿画外的观者。这炯炯的目光甚至显得有些失礼。贝尔特本人也尤其偏爱这幅画,1893 年在她自己的《拉小提琴的朱丽》中,她把该画当成背景画了进去。贝尔特辞世后,朱丽、德加、雷诺阿和马拉美把它选作《贝尔特画展目录册》的卷首插画。

贝尔特是马奈的学生吗? 的确,她对马奈的才华倍加推崇:"爱德华经常说,他每一回作画都能学到新的东西。正是这种对艺术的真挚,对大自然的敏锐使得他的画作如此出色。"①

不过此时二十六岁的贝尔特已经具备了鲜明的个性,泰奥多尔·杜雷②也发现了这一点:"……再也没什么好学的了,贝尔特已经通过完整的艺术教育掌握了艺术的标准和原则。马奈创造的新技法,为她所化用,令她的作品熠熠生辉,不过也只有像她这样具有大师潜质的艺术家才有能力触类旁通。"③

分 隔 两 地

1869 年 3 月 8 日,艾玛·莫里索嫁给了海军军官阿道

---

① 《贝尔特·莫里索笔记(1885—1886)》,马蒙丹美术馆,第 33 页。
② [译注]Théodore Duret(1838—1927),法国艺术鉴赏家,收藏家。他是印象派坚定的支持者,在马奈辞世后组织拍卖画家的作品,撰写传记及为马奈作品编撰目录。
③ 《印象派日报》,1970 年,第 68 页。

夫·蓬提勇，并搬到瑟堡居住。姐妹俩分隔两地。贝尔特终于失去了一个密友兼画友，她的生活也因此大变样。婚后，艾玛放下了画笔，却一直对妹妹的作品深为关切。她还非常担心妹妹的健康状况。六月，贝尔特到瑟堡小住，她离开后艾玛给母亲写道："你觉得贝尔特带回去的画怎么样？画室里大家都怎么评论的？我觉得风景画特别细腻，必定使其他的作品黯然失色。您应该瞧得出来，我很想听听您和贝尔特的意见。"[①]

　　艾玛时常怀念姐妹俩共度的岁月："我亲爱的贝尔特，我总是时常想到你。自己似乎也身处画室，追随在你左右。我们曾经一起努力了那么多年，现在我多么希望自己能够再度置身那种氛围，哪怕只有短短一刻钟也是好的。"[②]

　　贝尔特回复道："亲爱的艾玛，要是我们再继续写这样的信，就只能哭个没完没了了。你读了我的信，泪水涟涟。我呢，今天早上才刚哭过。你的信总是那么饱含柔情，又那么催人泪下，姐夫的字句也教我放声大哭。不过我还是得再说一遍，咱们不能再这样写下去了。青春流逝，容颜易老，我倒无所谓，你可不能听之任之。是啊，我觉得你还是那么年轻。你舍不得放弃绘画，放弃这些年来教我们烦恼、使我们忙乱的追求。这一切你我都明白。不久前，你就已经很伤心、很不舍了。向前看吧，你如今有了一段好姻缘，有百般疼爱你的丈夫，你也对他爱慕有加。你可千万别辜负了这样的好运。你

---

① 《爱玛·蓬提勇致母亲玛莉-柯妮莉亚·莫里索的信》，1869 年 6 月，马蒙丹美术馆。
② 《胡阿 1950 年》，第 23 页。

得明白孤身一人是多么悲伤的一件事。不管人家怎么说、怎么做,女人就是需要无尽的爱情,要是成天自省自怜那才不正常呢。"①

普法战争时期,巴黎遭到围攻,马奈、夏凡纳、德加及其好友亨利·胡阿报名参加国家护卫队,保卫首都。提比尔斯被捕入狱。尽管缺吃少穿,同时要忍受极大的痛苦,贝尔特还是决定留在帕西陪伴在父母的左右。夏凡纳力劝她离开巴黎:"……我幸运地离开了我热爱的城市。现在那里布满了告密者,说不准什么时候,我们就会被强行征走。要是不依的话,随便哪个越狱的恶人都会掏出枪来要了我们的性命。我多么希望您的父母不要错误地估计了形势,以为能挺过去。还是离开巴黎避一避吧,等到这一切结束后再回来。"②

看了信,贝尔特是否也同样忧心忡忡?不久以后,她便动身前往瑟堡的姐姐家。

战争结束,巴黎公社被镇压。生活又恢复了平静……莫里索太太立即重拾母亲的焦虑。她给贝尔特去信写道:"现在,我一心只想着安排好这孩子(提比尔斯),你跟他的未来让我时时刻刻无法安宁。"③莫里索太太的社交活动频繁起来,在给女儿的信中,她不无挖苦地说:"爱德华·马奈在家里给太太画像,他费劲心思想把这个庞然大物修饰成纤细的尤物!

---

① 《胡阿1950年》,第23—24页。
② 《皮维·德·夏凡纳致贝尔特·莫里索的信》,1871年3月30日于凡尔赛,马蒙丹美术馆。
③ 《玛莉-柯妮莉亚·莫里索致女儿贝尔特·莫里索的信》,1871年6月8日,马蒙丹美术馆。

当她迈进客厅时,我心里暗叫一声,天哪,您就这么收拾自己的!这是什么打扮啊?街头卖唱的?脸上的胭脂也施得太艳了……外套破破烂烂,一条长裙是勾勒出大大的肚子,还把一对大脚显露无疑。那双拖鞋难看透顶。这幅尊容丑陋不堪,让人避之惟恐不及。至少看起来不够干净整洁……爱德华叹息道,'我多希望贝尔特小姐能做我的嫂子啊!'既然他们都觉得机缘不巧,你没跟欧仁一起动身去波尔多,这事也就随便说说。我当然没答什么话。不过我实在不明白怎么没头没脑冒出这么一句话。原来他曾跟提比尔斯提过要努力撮和你们俩。"①

一个月以后,莫里索太太又写道:"我又回到马奈家的客厅,一切完完全全是老样子,教人讨厌……起初,欧仁还显得挺精神,特别热情地向我打听你的近况。没一会,十点一过,他就坐在我旁边眼皮直打架,困得不行。爱德华不停地问我你会不会回来,你是不是已经拒绝了那些追求者,你是不是又有了新的仰慕者。他自称足不出户地仰慕你,还说得接受事实。你瞧,我什么也没说,什么也没做。我可不想跟这些不伶俐的人起冲突,他们压根还不明白自己想要什么。或者他们收入还不太稳定,又或者财力尚不雄厚,不敢现在就把一切说开。"②

人人都喜欢说长道短:"提比尔斯说猜不到你会怎么处理,他要是个女人,他就要嫁自己想嫁的人。他要是遇到你这

---

① 《玛莉-柯妮莉亚·莫里索致女儿贝尔特·莫里索的信》,1871 年 7 月 14 日,马蒙丹美术馆。
② 同上,1871 年 7 月 15 日,马蒙丹美术馆。

样的情况,就清楚无比地上前问到:'您想娶我吗？不想,那就走远点吧。'看,这就是他的简便办法。"①

1872 年,贝尔特的作品遭到沙龙退稿。朋友皮维安慰她说:"我觉得您镇定如常,这很可敬。他们退您的稿简直太荒谬了。这些循规蹈矩的昏花老眼,看到大自然清新、无伪的光明,得需要多长时间才能缓过来啊！——他们会缓过来的,只是要花费很长的时间,他们压根就没有判断能力。"②

夏天,贝尔特决定跟姐姐依芙一起去圣·让·德吕兹。她给皮维·德·夏凡纳的信,透露出她对这个海水浴场的景色大失所望:"尽管我自己不熟悉圣让·德吕兹,但我曾在这附近住过六个星期。我从这里看得到您家:白色的房子,配了咖啡色的护窗。楼梯没什么特别的,其他的就不值一提了。您说这里很像帕西,那您可就错了。这里肯定没您的画室舒适——红色的沙发靠椅,还有漂亮的懒人沙发。不过想象可以美化环境,咱们的朋友史蒂芬说您具有艺术家的血统,那么您是不缺这点想象力的。"③

话虽如此,姐妹俩还是在九月份离开巴斯克地区前往马德里,朋友——艺术家兼记者扎沙希·阿斯于克带着她们四处参观,她们喜爱上了西班牙画家戈雅和委拉斯开兹。

---

① 《玛莉-柯妮莉亚·莫里索致女儿贝尔特·莫里索的信》,1871 年 7 月 15 日,马蒙丹美术馆。
② 《皮维·德·夏凡纳致贝尔特·莫里索的信》,1872 年 4 月 28 日于巴黎,马蒙丹美术馆。
③ 同上,1872 年 8 月 15 日于巴黎,马蒙丹美术馆。

革新派的展览

　　1874年初，贝尔特因父亲的辞世伤心不已。她埋头作画，寻求寄托。这年春天，她义无返顾地不再努力进军主流美术沙龙，转而加入刚刚成立的独立艺术家团体①。莫奈成功地动员雷诺阿、德加、西斯莱和毕沙罗联合起来自费筹办一个独立的美术展。在母亲玛莉·柯妮莉亚的游说下，贝尔特也应德加之邀参加展览。他们在记者、小说家、讽刺漫画家、摄影师、新潮艺术家那达尔的大工作室辟出一席之地："我们的人数介于二十到二十五人之间，还有一些人正在考虑要不要加入进来……那达尔在卡普西尼大道的两层工作室全都归我们使用……我并不打算在国家艺术学院的对面搞出什么大动作。不过如果这次展览反响不错的话，我们倒可以再试几次。假设最后能成功打动几千名观众，就已经相当不错了……另外，就名气及才艺而言，我们绝不能忘了提贝尔特·莫里索小姐。"②

　　皮维·德·夏凡纳却对这个展览表现出疑虑："德加跟我说在那达尔工作室筹备一个展览。我觉得这事本意不错，但颇受一些限制。首先，时机不对。你们才刚刚在美术沙龙那

---

① ［译注］1874年4月，一群自称为"艺术家、画家、雕塑家和版画家社团"的青年人举办了一次对抗官方沙龙的展览，即后来被称为"独立沙龙"的展览。一直到1886年，"独立沙龙"的展览共举办了八次，印象派的许多画家，都在这个沙龙上展出过作品。

② 《埃德加·德加致玛莉-柯妮莉亚·莫里索的信》，1874年，马蒙丹美术馆。

里吃了闭门羹,就马上另起炉灶,不难猜想人们会怎么评论。再有,展览的地点在二楼(这可就大错特错了),参观还得交一法郎。观众到香榭丽谢大道上的艺术学院去,花这点钱可以看画看个够,又何必到你们这里来呢。"①

　　爱德华·马奈拒绝参展,布丹、塞尚、约曼和胡阿则归附"艺术家、画家、雕塑家和版画家社团"。贝尔特身为加入社团的唯一女性,显示出非凡的勇气。她不但没把艺术学院的否定放在眼里,还勇于面对评论界的挑剔。

　　这次展览和参展的艺术家们成为公众取笑的对象。报纸上也响起大量批评的声音。记者路易·勒鲁瓦想不怀好意地拿莫奈画作的标题《日出·印象》来做文字游戏,1874 年 4 月 25 日,《夏礼瓦礼报》上刊登了他的评论文章《印象派展览》。②不过,还是有些记者为这群叛逆的艺术家叫好。卡斯达理写道:"贝尔特·莫里索小姐终于做到才华流露于指端,尤其流露于指端的画笔。她的艺术感多么细腻啊!我们再也找不出有什么比《摇篮》和《捉迷藏》更优雅、更成熟,笔触更细致的作品了。我还想补充的是,画家把心中的情感表现得淋漓尽致,堪称完美。"③

---

① 《皮维·德·夏凡纳致贝尔特·莫里索的信》,1874 年 4 月 7 日于巴黎,马蒙丹美术馆。

② [译注]在第一次独立沙龙展览中,莫奈携画作《日出·印象》参展,但当时大多数观众并不欣赏他的作品,记者路易·勒鲁瓦借一位参观画展的专家之口,对展出的作品大为讽刺挖苦,并借莫奈画作的标题称呼参展画家"印象主义者",印象派由此而得名。

③ 《卡布西尼大道画展》,《世纪报》,1874 年 4 月 29 日。

生命中积极的一面

著名画家爱德华·马奈的弟弟欧仁·马奈是"绘画中的日本人"的忠实拥护者之一，他更是社团中唯一一位女画家的仰慕者。对于这种情怀，他从不掩饰："让我许愿，我会很感窘迫。然而，如果是为了您，那就另当别论。我要发愿祝您成为世间最受赞美、最受呵护的女人。"①

1874 年 12 月 22 日，欧仁与贝尔特在帕西教堂低调完婚。贝尔特在给弟弟的信中写道："我已经结婚一个月了，很奇怪，是吗？婚礼毫不讲究排场，一个客人都没请。我身着衣裙，头戴礼帽，活像一个年迈的妇人……说到底，我真是没什么好抱怨的。我嫁了一个诚实、出色的年轻人，最重要的是我相信他爱我极深。我曾长时间被空想折磨得看似不幸，现在生活向我掀开了积极的一页。只不过，每当我想起母亲，我总自问是不是达到了她的期望。"②

莫里索太太终于松了一口气。她深知从今以后，欧仁会全力支持贝尔特。他可以全权帮忙与画商交涉，负责安排贝尔特的画作参展，最重要的是保证贝尔特能充分发挥所长，不断画出出色的作品。莫里索太太把名下位于纪沙大街的一套房子赠送给这对新婚夫妇。

1875 年，莫奈、雷诺阿、西斯莱和贝尔特不理会评论界的

①　《胡阿 1950 年》，第 78 页。
②　同上，第 80 页。

批评之声,在特鲁奥拍卖行着手筹备一场新的画展。展出的画作同时用来拍卖。拍卖是在大众间扩大影响的最佳方式。可惜,这场拍卖极不成功。批评的声音仍旧响起,三月,《夏礼瓦礼报》上刊登的一篇文章嘲笑道:"这种画风突兀而模糊不清,表现的尽是混沌,还背离了美感的表达和写实的努力。"

这场闹哄哄的拍卖会最后的收入微不足道,根本达不到画商杜兰鲁埃的期望。所有成功拍卖的画作中,贝尔特的《室内或照镜的女孩》(现为私人收藏)卖得最高价,被商人兼印象派作品收藏家欧内斯特·侯塞得以480法郎购得。

生活重拾宁静。欧仁与贝尔特前往英国度假,他们先去了考斯港口以赛船出名的怀特岛,随后转往伦敦。在伦敦,贝尔特画了好几幅以海为题材的作品,其中就有《靠港的小船》。夫妇俩为伦敦的气氛着迷,贝尔特给艾玛写道:"泰晤士河实在太美了。我常想,要是你也在这里,看到这样的美景,一定也会欢欣不已。透过密密麻麻如森林般的船杆,我们能看见圣保罗教堂的大圆顶。一切都笼罩在略呈黄色的水汽中。"①

在怀特岛度假期间,贝尔特创作了几幅油画,其中之一名为《欧仁·马奈在怀特岛》。在这幅精美的画作里,灰色和珍珠虹色是主色调,和谐的色彩发出绚丽的光芒。她大胆地弃用女模特儿,请丈夫出面。尽管贝尔特热爱父亲,但从没为他画过像,也没为她热衷幻想的弟弟提比尔斯和那些画家、诗人朋友(皮维·德·夏凡纳、德加、雷诺阿以及马拉美)画过像。

这对年轻夫妇出门旅行时,由贝尔特的母亲帮他们同画

---

① 《贝尔特·莫里索致姐姐爱玛的信》,1875年于伦敦,马蒙丹美术馆。

商打交道："你的画商嘟嘟囔囔地抱怨你的画没有标价。我提醒他，我就是专程来告诉他，我们希望由他来出价。可他觉得很尴尬，觉得这样做不妥当。"①皮维·德·夏凡纳也对贝尔特画作低廉的价格感到惊奇："我今天一定要去杜兰鲁埃那里。我只花 90 法郎就买到一幅您亲笔绘出的极为优美的油画——这一丁点儿也不贵。"②

贝尔特在巴黎勤奋不辍地工作。这段时期，她在画室里画了《切开的苹果和水壶》。女儿非常喜欢这幅画，贝尔特把它留在女儿的房间。除了几束采来的花束以外，贝尔特甚少画静物，她曾对艾玛提到她很不喜欢这类题材："我也曾想画一些雪白桌布上摆放的水果和花朵。但这一尝试让我极度不舒服，收效甚微。这类题材的画让我深深厌倦。"③

五、六个疯子，其中还有一个女的

1876 年 4 月，印象派画家们固执地在杜兰鲁埃画廊举办了第二次展览。贝尔特携十九幅作品参展，其中包括在费康④画的《靠港的小船》及《工地或正在建造的船舶》。对于这次展览，评论界毫不宽容，尤其是《夏礼瓦礼报》的记者让·拉尔

---

① 《玛莉-柯妮莉亚·莫里索致女儿贝尔特·莫里索的信》，1875 年 8 月 3 口，马蒙丹美术馆。
② 《皮维·德·夏凡纳致贝尔特·莫里索的信》，1875 年 3 月 27 日，马蒙丹美术馆。
③ 《胡阿 1950 年》，第 34—35 页。
④ [译注]Fécamp，位于法国诺曼底地区。六世纪以前，费康一直是个小渔村。六世纪时，耶稣的几滴血神奇地降落到了这片土地，吸引众多清教徒移民而来。

夫。他写道："看看杜兰鲁埃画廊展出的印象派先生们的作品。哦，天哪，把我五花大绑捆起来吧！画面上乱遭糟的涂抹让人真想毁掉全法国的调色盘，就像希律王命人杀死所有的婴孩一样①。看着画面，我们心中暗自猜测，嗯，画了一个干草堆？完全不对！画的是一个女人。看起来真像画家吸完毒之后的涂鸦之作。尽管如此，这股新潮流还在不停努力，试图赢得观众的认同。潮流！看着吧，不久以后，碧瑟特艺术学院马上就要增开一个疯子班了！"②

欧仁回家后，给外出和姐姐度假的妻子写了一封信谈及此事："整个画家小圈子都处在困境中。画商的画全卖不出去。爱德华提到要节减开支甚至要关闭画室。希望终有一天会有人来买画。的确，形势不太妙。"③

同年十月，混乱的氛围中增加了悲痛的情绪。女儿心目中"年轻和幸福的化身"玛莉-柯妮莉亚·莫里索离开了人世。尽管家逢不幸，贝尔特还是为第三次印象派展览作准备。这场在勒佩乐提大街举办的展出，显示出印象派艺术家们坚韧不拔的精神。面对舆论的挖苦及慢慢开始出现的内部争执，他们还是紧紧团结在一起，继续奋斗。在所有"独立画家"筹办的活动当中，只有这一次当属佳作齐陈。想想看，卡勒波特的《欧洲桥》，莫奈的《圣拉扎尔车站》，贝尔特的《普赛克》以及雷诺阿的《加莱特磨坊的舞会》，这么多杰出的作品集中在一

---

① ［译注］据基督教文献记载，希律王（Hérode）公元前 37 年至公元前 4 年任犹大王，他曾下令杀死伯利恒（耶稣出生地）所有的婴儿。

② 《夏礼瓦礼报编年史》，1876 年 4 月 3 日。

③ 《欧仁·马奈致太太贝尔特·莫里索的信》，1876 年 9 月 22 日，马蒙丹美术馆。

起展出，是怎样的一幅画面？

朱　丽

　　1878 年 11 月 14 日，女儿的降生带给贝尔特极大的幸福。她不无幽默地给艾玛写道："哎呀，我当然也不能免俗！很可惜，碧碧不是个男孩子。首先她长得就像男孩。再者，要是真是个男孩，起码可以把咱们家有名望的姓氏传下去。说到底很简单，我们所有人都喜欢男孩。"[1]

　　这个可爱的小"碧碧"成了贝尔特最喜爱的模特儿。母女俩形影不离，贝尔特亲自负责女儿的教育。她在随笔中写道："和朱丽一起在巴黎散步。我们沿着河畔闲逛，这孩子很好奇，什么都发问。我们花了不少时间在卡片店里研究太阳和星球。随后，在杜勒伊公园，她给我背诵泰奥菲尔·戈蒂埃的诗篇。我们并肩坐在一起，我观察着沙地上的影子和远处卢浮宫的屋顶，脑子里还想着花园的画作。我和碧碧一起试着找出光和影的联系。她在光线中发现了粉红色，在阴影里辨别出紫色。"[2]

　　朱丽出生后，贝尔特无法参加第四次印象派美术展。这是她唯一一次缺席。贝尔特继续作画，但主要是水彩画。这种更简便、更一气呵成的新画法，满足了她即兴作画的欲望。

---

① 《胡阿 1950 年》，第 34—35 页。
② 《贝尔特·莫里索致姐姐爱玛的信》，1869 年 9 月。

克劳德·罗杰-马可斯评论她的水彩画:"可以与戎金①媲美,简直是印象派最成功的水彩画作品。她的画灵动、清新,轻盈而透明。画中表现朦胧的天光与无遮的日光时泾渭分明又不失细腻。贝尔特轻松而坚定地挥洒画笔,不知不觉中就已经定格画中人的姿态及动作。一览无余的同时又毫无矫揉造作之嫌。我们从未见过贝尔特如此完美、如此细腻地表达出内心世界。事实上,也从未有哪幅作品能像这样,从落向画布的第一笔开始,一气呵成地自然展现出画家的气质。"②

最勇敢的一位

小团体中不和谐的声音多了起来。第五届印象派画展的主要负责人德加无法说服莫奈、雷诺阿和西斯莱参展。玛丽·卡萨特却抱有很大的信心:"展览很有可能获得成功,你们还是回来参展吧。在新增加的画家中,还有拉斐立③。"④贝尔特是唯一一个真正的印象派画家。阿尔芒·西勒维斯特指出:"莫里索小姐是这群团结一致的画家中最勇敢、最忠于自己追求的一个。"⑤其他的评论家,比如菲利蒲·贝提认为可以

---

① [译注]Jongkind(1819—1891),荷兰画家,长期客居巴黎。很早就开始探索在绘画中捕捉光线的变化,创作的许多描绘海洋与海港的油画,逼真地再现了空间和空气的感觉。他与布丹同为印象派的先驱。莫奈称戎金是自己真正的老师。

② 《贝尔特·莫里索》,《美术小报》,1907 年 12 月,第 496 页。

③ [译注]Raffaëlli(1483—1520),文艺复兴时期的意大利画家,建筑师。他的古典绘画对后世影响很深远。

④ 《玛丽·卡萨特致贝尔特·莫里索的信》,1880 年,马蒙丹美术馆。

⑤ 《艺术世界》,《现代生活报》,1880 年 4 月 24 日。

理所当然地把贝尔特与让-奥诺雷·弗拉戈纳尔①归为一派：
"有三位女画家以风格各异的技巧脱颖而出。这其中贝尔
特·莫里索小姐以异常细腻的手法挥舞调色盘和画笔。十八
世纪让-奥诺雷·弗拉戈纳尔以来，我们再没遇到过如此大
胆，独创色调如此明快的艺术家。"②

　　贝尔特一向重视爱德华·马奈的意见。这次，马奈特地
向弟媳表示祝贺，并且难能可贵地向她的作品致意："我参观
完了独立沙龙展。您取得了相当大的成功，您一举击败了那
个人，遥遥领先。您知道我指的是谁。……你马上会收到一
个新款的画架，用来创作色粉画会觉得非常方便。"③

　　随后三年是贝尔特·莫里索一生中最丰富的时光。她无
比幸福地集画家与母亲于一身："炽热的母性之火燃烧的是
艺术家的灵魂"。④ 尽管同行好友雷诺阿、莫奈和西斯莱都缺
席了第六届展览，她还是携作品参展。她把幸福的短暂瞬间
定格在画布上，用色调和轻盈的笔触交织、混合出新颖动人的
宁静之感，把夏季的光线表现得明亮生动。这些作品体现了
她最高的才华。古斯塔夫·热弗瓦尔注意到："在贝尔特·莫
里索小姐的画中，物体的形状依旧模糊不清，但一种新奇的生
命力往其中注入了勃勃生机。画家找到了捕捉闪烁的亮光、

---

① ［译注］Jean-Honoré Fragonard (1732—1806)，法国洛可可艺术大师，是布歇
　的学生，而且也不断研究夏尔丹，并取得显著进步。主要作品有《秋千》、《浴
　女》、《读》。
② 《独立艺术家佳作展》，《法兰西共和国报》，1880 年 4 月 10 日。
③ 《爱德华·马奈致贝尔特·莫里索的信》，1880 年，马蒙丹美术馆。
④ 斯特凡·马拉美，《贝尔特·莫里索画展目录序言》，1896 年，杜兰鲁埃画廊，
　第 11 页。

物体本身散发出的微光以及周遭空气的表现技巧……画中的粉红色，泛白的绿色，光线微微镀上的一层金色，散发出难以言喻的和谐之感。没有哪位艺术家能像莫里索小姐一样用高超的技巧、高雅的才华为印象派代言。"①

莫里索一家在布日瓦尔②一间绿荫环绕的房子里度过了美好的时光。冬天，她搬去尼斯，而欧仁则留在巴黎，帮太太准备下一届的印象派美术展。第一届美术展距今已经七年了，印象派画家们得到了更多的认同，也就有了更新的抱负。1882 年 2 月 10 日，莫奈在给杜兰鲁埃的信中说："现在我脑子里成天想的都是这场展览。要么就搞一次特别出色的展览，要么就干脆别办了。还有就是必须得由咱们这几个自己人参展，不能让任何一点杂音影响到我们的成功。但今年有没有可能办成这样一个展览呢？既然已经说定有其他几个人要加入进来，我想就不可能了。这么一来，我只能非常遗憾地谢绝参加这次活动。"③

尽管抱负不一，最后除了德加，所有"印象派"的发起人都到场。贝尔特携包括尼斯风景画在内的九幅作品参展。她感谢丈夫的无私鼓励，同时也期待爱德华能坦率地给她意见。她在给丈夫的信中称："昨天晚上收到你的信，真是高兴。我很喜欢你的看法。原本我觉得画展滑稽可笑，读了你对我作品的意见后，就冷静下来了。你没告诉我爱德华对整场展出

---

① 《独立艺术家展》，《正义报》，1881 年 4 月 19 日。
② ［译注］Bougival，地处巴黎大区，有"印象派摇篮"之称，莫奈、雷诺阿、西斯莱曾在此研究、描绘光线、天空及河流。
③ 《韦登斯坦（第二卷）》，信件编号 238。

的看法,可在字里行间我看得出他不太满意,对吗?"①

从哪里能学到这些?

贝尔特不再画风景,改以她童年的朋友为模特儿,创作出
《路易丝·喜瑟内》。这幅画一气呵成,未加修改。画风与她
先前描绘的布日瓦尔的春天景色迥异,趋近并完善了尼斯风
景组画中的技法。与大部分水彩及色粉画一样,她有意采用
一种"草稿式"的手法,在画的周边留白。我们还看得到她画
笔留下的奔放、狭长的笔触。

贝尔特作画的动机只在于纪录下瞬间的感受,她摒弃传
统的技巧以及艺术理论的束缚,试图仅仅表现真实与自由。
她写道:

> 解释作画的过程,也许只会吸引那些看热闹的
> 人,因为他们是一群无知的外行。在决定出版哪位
> 画家的作品前,我们可以拿一些专业术语比如浓淡
> 色度,明暗对比,中间色调还有其他晦涩的词来考考
> 他们。真正的艺术家能让手中的画笔听其指挥。有
> 没有必要普及艺术呢? 我们应该怎么对付规则、理
> 论? 这些答案都没有意义。画家需要的是具有个人
> 特色、崭新的感觉。那么,从哪里能学到这些呢? 所
> 有的画作都是在大自然中进行的写生,这话说得没

---

① 《贝尔特·莫里索致丈夫欧仁的信》,1882 年,马蒙丹美术馆。

错。但我们能说布歇①和荷尔拜因②的写生一样吗？这两个人的画作无论从图案还是色彩上，都是真实的。③

1883 年初，马奈一家搬进位于维乐居大街（现为保罗·瓦莱里大街）的一栋楼房。房子是他们命人建造的。他们住在底层，贝尔特把客厅改装成画室。4 月 30 日，爱德华·马奈去世的消息打破了宁静的家庭生活。欧仁把母亲、爱德华的遗孀以及她的儿子雷昂·林候接来一起住，他们住在四楼。贝尔特在给朋友的信中称："我与爱德华的友谊这么久远，有关他的回忆都与我年轻时的往事联系在一起。再者，他天性善良热情，又似乎比旁人更朝气蓬勃，风华正茂，我总觉得他跟死亡扯不上关系。"④

贝尔特还在笔记本中写道："我在伊莎贝拉·勒蒙尼耶家里发现几幅爱德华的水彩画。画得非常好，很有生气，充满活力，还显示出无可比拟的轻松自如。这种风格与日本艺术非常相近。我听说过黄金时代的日本艺术。只有爱德华和日本人可以一笔勾勒出嘴、双眼、鼻子，面容的其他部分也因此跃然于画布之上。爱德华说我们呆在画室里也可以描绘露天的

---

① [译注]François Boucher (1703—1770)，洛可可绘画大师。绘画主题多为女性，以及女性结合自然风景，描绘相互挑逗游戏的情侣。

② [译注]Holbein(1497—1543)，文艺复兴时期的德国画家，他一生致力于肖像创作，并富有独创性，非常注意刻画人物的神态、表情及眼神。主要画作《大使们》。

③ 《贝尔特·莫里索笔记》，1890 年，马蒙丹美术馆，第 55—56 页。

④ 《贝尔特·莫里索致索菲·嘎娜的信》，1883 年，马蒙丹美术馆。

景色。蓝色表现早晨，淡紫表现白天，橙色则表现夜晚。"①

　　1883年秋天，画商杜兰鲁埃在伦敦举办了一场展览，意欲寻找新的买家。贝尔特送去了好几幅作品。杜兰鲁埃在巴黎筹办马奈回顾展，也卖出了他的几幅大作。爱德华·马奈在遗嘱中委托朋友泰奥多尔·杜雷："在我死后，把我画室里的画作、草稿及素描卖掉，先取出五万法郎赠予雷昂·柯拉，即雷昂·林候。其他的钱财赠予我的夫人苏珊·林候。"②

　　翌年2月3日，贝尔特给姐姐艾玛写信，提及在伦敦的画展："木已成舟，却是朽舟。与马奈回顾展的成功相比，这场拍卖简直是溃不成军。我把《扬帆远行》预留给你，这画真是美不胜收。如果你想要，马上告诉我，我给你包好。否则我就把它转卖了……总而言之，我觉得很难过，唯一让人安慰的是将会有些识货的人或者画家来保管这些作品。卖画的收入总共是十一万法郎，我们原先预想至少能卖到二十万。"③

　　所有买家欣喜若狂，大收藏家亨利·胡阿曾经参加过在那达尔工作室的画展。这次他买了好几幅画，其中包括一幅名为《墨西哥人》的水彩。

　　预留给艾玛的画不对她先生的胃口，最后马奈的家人把它赠送给德加。德加动情地回复："您们可着实让我开心坏了。我深明您们送画给我的用意，同时更深切地感受到了体贴之情。我会尽快专程上门道谢。"④

---

① 《贝尔特·莫里索笔记（1885－1886年）》，马蒙丹美术馆，第16－17页与第47页。
② 《胡阿与韦登斯坦（第一卷）》，第25页。
③ 《贝尔特·莫里索致姐姐爱玛的信》，1884年，马蒙丹美术馆。
④ 《胡阿1950年》，第121页。

德加——"机智却总唱反调"的朋友

贝尔特·莫里索于 1868 年结识德加。当时颇受欢迎的钢琴演奏家苏珊·马奈常常组织音乐晚会,经常出入晚会的不乏知识分子,有作家(如坚定仰慕并捍卫新艺术流派的波德莱尔、左拉),有音乐家(如夏布里耶、男高音歌唱家巴岗斯),还有一些画家。机智却总唱反调的德加每次必到。虽然他的性格容易走极端,难以取悦,有时还瞧不起女性,但只要遇到激动人心的议题,他还是颇讨人喜欢。他强烈地反对"自然的专制",继续埋头在画室里作画。有时,贝尔特会把他的观点记录下来:"德加说观察自然是毫无价值的。自然本身就是一种传统的艺术。我们应该像荷尔拜因那样作画。艺术就是一种再创作!他还声称艺术家需要长期工作,需要加入主观努力,或者决定'用橙色渲染、用绿色调和、用紫色打影。'"①

1885 年秋天,莫里索一家人再度动身,前往荷兰和比利时参观各大美术馆。贝尔特对十七世纪著名的荷兰风景画画家非常失望。相反,她对鲁本斯赞赏不已,称他是"唯一成功描绘出弗拉芒天空的画家。霍贝玛②和罗伊斯达尔③的画风都很沉重。只有鲁本斯明白如何准确抓住暗淡的光线和色

---

① 《贝尔特·莫里索笔记(1885—1886 年)》,马蒙丹美术馆,第 7 页与第 47 页。
② [译注]Hobbema(1638—1709),荷兰伟大的风景画家,作品多描绘乡间道路、池塘、水车、树木。主要画作有《米德尔哈尼斯林荫道》。
③ [译注]Ruisdael(1628—1682),荷兰伟大的风景画家,多以树为主体进行创作,他的画具有古典主义的深沉和悲剧性的激动。著名作品有《埃克河边的磨坊》。

调,从而使得笔下的风景具有相当的深度。在我看来,安特卫普圣母院的画作《圣母升天图》中天使的形象堪称代表之作。他的画给我留下了深刻的印象,使我难掩激动。在安特卫普美术馆里,有一幅尺寸非常小的油画,画的是圣女们救治耶稣。这幅大作影响了德拉克罗瓦笔下所有的圣·塞巴斯蒂安形象。画作非常打动人,还异常精美。我觉得鲁本斯也许是唯一一个能够完整表现出美感的画家。只有他能表现出人性的目光,睫毛投下的影子,透明的肌肤,柔软光滑的长发以及优雅的姿态。至少可以说,他与其后一个世纪的其他画家一样,作品虽稍嫌造作但不损其无穷的魅力。"[①]

第一流的画家

贝尔特是年轻的女子。为人妻,为人母,朋友马奈、马尔切诺及雷诺阿经常替她画像,但只有姐姐艾玛曾将她画成一位艺术家。一直到 1885 年,四十三岁时,贝尔特才画出三幅自画像。这几张画,没有弄虚作假,也没有粉饰伪装,"简化抽象的银灰云鬓产生的美感让人忽略了画中人年华老去的事实。"[②]贝尔特在画中落落大方地手执画笔,她终于以这种方式向观众强调天才并非只是男人的专利:

　　我不相信从来没有一位男士能平等地对待女

---

① 《贝尔特·莫里索笔记(1885－1886 年)》,马蒙丹美术馆,第18－22 页。
② 斯特凡·马拉美,《贝尔特·莫里索画展目录序言》,1896 年,杜兰鲁埃画廊,第12 页。

性。我只要求别人这样对待我，因为我深知自己受
之无愧。①

因对素描和形体产生兴趣，贝尔特开始和雷诺阿切磋。
为了更好地表达瞬间的感受，贝尔特试着在挥动画笔前，摒弃
过去的经历以及脑中的记忆。她放弃了先画草图的惯例，只
把作画当成画简单的草稿。"屡屡把素描和颜色区分开来是
没有意义的，因为颜色的运用仅仅为了表现形体。"②

贝尔特到位于拉瓦拉大街 37 号的雷诺阿画室参观。她
重新发现了习作的重要性，非常欣赏雷诺阿《母爱》的初稿：

> 1886 年 1 月，画架上有一幅用红铅笔和粉笔完
> 成的素描，画的是一位年轻的母亲在给孩子哺乳，孩
> 子画得圣洁优雅，非常可爱。看到我这么欣赏，雷诺
> 阿给我看了他用同一个模特儿创作的一系列作品，
> 模特儿几乎都保持着同一种姿势。他的的确确是个
> 一流的画家。把所有这些准备阶段的习作呈现给观
> 众看一定很有意思，他们一直以为印象派作画是最
> 无拘无束的。我认为在表现形体上，无人能出雷诺
> 阿其右。还有两幅裸女海浴图，我喜爱它们如同喜
> 爱安格尔的作品。雷诺阿认为裸体是艺术中不可或
> 缺的形体。

---

① 《贝尔特·莫里索笔记(1890 年)》，马蒙丹美术馆，第 34 页。
② 同上，第 56 页。

　　我还看了他的威尼斯和阿尔及尔风景画，同样深受震撼。这两幅画带有一种强劲有力的东方情调。总之，他是个纯粹的艺术家，是个高雅伟大的画家，对色彩具有最精确甚至带些病态的敏锐感知……雷诺阿觉得音乐、美术绝不能与文学相联。但它们之间不是泾渭分明的。我一旦试图描绘一个人的容貌和动作，就立刻变得文学化。尽管我们竭尽全力，总是少了点灵性。也就是说，画出来的形象不免软弱无力、矫揉造作或突兀不已。[①]

　　雷诺阿1889年的作品充满了新的东方情调。这些画丰富多彩，画中的光线具有新的强度，颜色也更加鲜艳，出现了粉红、橙红和蓝色。

　　雷诺阿，这个对贝尔特不离不弃的画友，经常到维乐居大街或梅姿造访贝尔特。1887年春天，应马奈之邀，他为八岁的朱丽作了第一幅肖像画。朱丽坐在维乐居大街家中的客厅里，膝头上蹲着一只猫。几年后，在他为朱丽而作的新肖像中，朱丽身着黑色的天鹅绒为父亲戴孝："画上只有黑白两种颜色。"

各抒己见，妙语连珠

　　杜兰鲁埃与乔治·伯蒂就如何对待重申独立与自由意志

[①] 《贝尔特·莫里索笔记(1885—1886年)》，第34—36页；《贝尔特·莫里索笔记(1887—1888年)》，第3页。

的艺术家创作意见不一。"顽固份子"拒绝和资历尚浅的"点彩派"画家①一同参展,后者仅得到德加和毕沙罗的支持。莫奈激动地说:"小教堂变成了一所普通无奇的学校,随便哪个蹩脚画家都可以进来。"1886年5月,印象派最后一次展出简单地命名为"第八次画展"。贝尔特·莫里索和年轻的创新派一起参展,这些人当中有西涅克,还有携作品《大碗岛上的一个星期日》而来的修拉。贝尔特是唯一一个"风格依旧的印象派画家"。

令人着迷的《蜀葵》和《布日瓦尔花园》充分表现出贝尔特作为一个色彩能手和"光线专家"的才华。阿加乐贝赏她的画如同品诗:"只用廖廖几笔,她就画出了在一片翠绿、交错的枝条间盛放的花丛。请允许我这么说,她删除了一切累赘的修饰词藻。在她简洁的句子里,所有的副词都显得多余:保留下来的全是主语和动词。她把这些鲜活的动词运用在电报式的句子里:两个词语就可以把她的所有想法表达殆尽。"②

皮维也写道:"您的展览一开幕,我就深知,一旦身临其境,您美丽的画作准能涤荡我的目光。"③

贝尔特每周四在家举行一次晚宴,在座的常客有克劳

① [译注]点彩派是在印象派所主张的色光原理基础上出现的一个新画派,又称"新印象主义",代表人物有毕沙罗、修拉和西涅克。他们依照光谱中各种单色光组成万物色彩的原理,用单纯的原色色素的点子互相组合,在人的视网膜上还原为种种复杂的颜色。1886年5月法国巴黎举办了第八届印象派展览,此次展览最受瞩目的是修拉和西涅克,修拉展出了他的毕生杰作《大碗岛的星期日下午》,获得极高评价。这就是新印象派活动的开始。
② 《印象派画家沙龙展》,《现代杂志》,1886年6月2日。
③ 《皮维·德·夏凡纳致贝尔特·莫里索的信》,1886年5月24日,马蒙丹美术馆。

德·莫奈、律师儒勒·德·居伊、首相艾米勒·奥利维耶和艺术评论家扎沙希·阿斯于克。据保罗·瓦莱里的回忆，"在她生命的最后几年时间里，德加、雷诺阿、马拉美经常在她家相聚，在她身边探讨、争论。他们各抒己见，妙语连珠。"①

自从搬到吉维尼②以后，莫奈就甚少出席贝尔特家的晚宴。他不热衷于出入社交场合，但依旧与所有的朋友保持密切的联系。贝尔特决定为女儿塑一尊半身胸像的时候，正是请莫奈代为联系罗丹。莫奈回应道："昨天晚上罗丹没有来赴宴，我没能见到他。不过我刚刚给他去了一封信，我敢肯定他会荣幸地应邀上门帮忙的。您也可以趁机了解他的人品，他是一个品位高雅的杰出人物，这样的雕塑家还是非常罕见的。"③

莫奈时常强烈地建议贝尔特不要错过（这样或那样的）机会去参加圈内至关重要的活动。1887年，贝尔特就通过杜兰鲁埃在纽约参加画展。在乔治·伯蒂举办的国际画展中，她第一次展出《朱丽·马奈小姐胸像》。

贝尔特在伯恩海姆画廊、乔治·伯蒂画廊或杜兰鲁埃画廊进行个人或联合画展的机会大大增加。1888年，雷诺阿告知贝尔特，杜兰鲁埃正在筹备一场画展："您只需要把画送过去就行。我想这次与在伯蒂那里展出的会是同一批作品，只

---

① 《贝尔特·莫里索画展目录序言》，橘园美术馆，1941年。
② ［译注］Giverny，位于法国诺曼底地区。这个小乡村位于安德烈以南15公里，是莫奈和印象派热爱者的胜地。莫奈从1883年直至1926年去世一直居于此地一所大房子中，周围是花团锦簇的花园。
③ 《克劳德·莫奈致贝尔特·莫里索的信》，1887年3月7日，马蒙丹美术馆。

不过我估计莫奈不会在这里参展。"①

　　贝尔特对莫奈坦白道:"我已经恢复了健康,准备好在画布前大干一场。不过别指望我能画出大量的作品,挂满展厅。我是心有余而力不足,画不出什么好作品。看来今年咱们这帮人还是得不到什么承认,我也只能继续这么努力下去。"②

　　最后,贝尔特参加画展而莫奈退出了。他给贝尔特写了一封道歉信,解释自己的决定:"今天早上雷诺阿告诉我展览安排得非常好,周六就会开幕。在没征得我同意的情况下,小杜兰鲁埃准备把他和其他几个收藏家收藏的我的作品带去参展。既然这不是一次免费的画展,我就有权利用一切方法表达我的不满。我想我最好还是先跟您解释一下,倒不是想对您造成什么影响,而是让您有个心理准备。别认为我像他们说的那样不讲信义。您看得出我曾多想跟您一起参展。"③

　　一年之后,莫奈不顾大量反对的声音,放弃自己的创作,全力投入认购马奈《奥林匹亚》一画的事宜,他非常希望这幅作品能被卢浮宫收藏。他用这种含蓄的方式资助马奈的遗孀,同时也表达了吉维尼主人对这位最著名的曾被主流艺术拒之门外的艺术大师的推崇。

　　苏珊·马奈对此举特别动情,她在给贝尔特的信中写道:"我昨天读完莫奈的来信后,感激的泪水夺眶而出。您明白我

---

① 《奥古斯特·雷诺阿致贝尔特·莫里索的信》,1887 年 3 月 7 日,马蒙丹美术馆。
② 《胡阿 1950 年》,第 134 页。
③ 《克劳德·莫奈致贝尔特·莫里索的信》,1888 年 5 月 25 日,马蒙丹美术馆。

指的是哪件事。在我知晓以前，就《奥林匹亚》一事，他一定跟您透露过不少打算。莫奈为人忠诚谦逊。总之，读信的时候我的情绪非常激动。这件事他干得真漂亮，还有那些积极促成此事的朋友们真是太善良了。"[①]

最后，卢森堡美术馆收藏了《奥林匹亚》。直到 1907 年 1 月 6 日，莫奈和热弗瓦尔拜会克莱蒙梭首相后，卢浮宫才决定收藏此画。

马拉美，一位诤友

1874 年，贝尔特在爱德华·马奈的画室结识马拉美。这里，不少艺术家频繁出入并相互结交。马拉美非常欣赏马奈的画，他每天教完英语课后都会到画室小坐片刻。1876 年，他与贝尔特开始频繁的书信往来。这些信件见证了这位高蹈派诗人与女画家的深厚情谊。信中词句缅腆含蓄，却充满赏识之情，看得出他们两人精神相通，又对文学与艺术有着共同的兴趣。马拉美是一位诤友，贝尔特在遗嘱中将他选定为女儿朱丽的监护人。

在逢周四举办的会客晚宴上，马拉美邀请朋友们为他的散文诗集《上漆的抽屉》画插图。贝尔特接受的是诗歌《白睡莲》。贝尔特在 1887 年给他的信中写道："亲爱的先生，周四来跟我们共进晚餐好吗？雷诺阿和我都对插图那件事感到十

---

① 《苏珊·林候—马奈致贝尔特·莫里索的信》，1889 年 11 月 5 日，马蒙丹美术馆。

分意外，我们想到时候问个明白呢。"

诗人自嘲地回道："我还是提笔给您回信吧，得知你们对插图一事感到震惊，我很不安。所幸，在这一切背后闪现着你们的微笑。我一直都在等诗集的开本确定下来，现在还在等着。不过，我把需要配图的地方给您寄去，也就是随信所附之书的最后一篇，这下可要让您好好伤伤脑筋。"

不久，他又向贝尔特透露："莫奈模仿您的笔法，用出色的三色画笔画出清韵动人的白睡莲，还为我的书作了一幅插图。"

这一合作计划最终没有完成。似乎马拉美曾鼓励贝尔特尝试雕刻创作，更确切地说是铜板雕刻创作。1888 年至 1889 年间，贝尔特完成了八幅作品。

马拉美经常在位于枫丹白露区河畔的家中招待朋友。马奈一家离开巴黎外出度假时，也总是邀请马拉美去做客。1888 年秋天，他们在法国南部租了一个意大利风格的别墅。贝尔特给马拉美去信："我亲爱的朋友，告诉您我们的新地址：西米耶斜坡上的拉提别墅。这个新家地处古罗马式旧城遗址的山丘地带，与修道院离得不远。我觉得住在这个美妙的地方就像置身意大利，在乡间隐居一样。我们有一个很大的花园，或者不如说是一个果园，园子里满是橙树。下个月，树上的橙子就要转黄成熟了。您既然说定了要来，那真是赶巧了。我一直等着它们成熟的这一天呢。新房子相当宽敞，留给你们的房间，越过屋外的树木就可以看见大海。"

次年，在贝尔特家举办的沙龙中，马拉美在众宾客面前以友人维里耶·德·利尔-阿达姆——《悲惨的故事》与《不寻常的故事》的作者为主题,做了一场讲座。为了感谢贝尔特的盛情,他致辞道:"您曾屈尊聆听/当夜幕下垂,记忆褪色/还有我为您记录下的一点一滴。"

四 处 迁 徙

1890 年初春,欧仁的健康状况非常不稳定。忧心忡忡的贝尔特决定迁到乡间。新家地址选在梅姿,名为"布罗杰小筑"。这个新住处视野开阔,能俯瞰整个村庄及默朗盆地。贝尔特把谷仓改造成画室,并时常以女儿为最钟爱的模特儿作画:朱丽玩菜豆,朱丽爬树,朱丽和表兄妹或村里的孩童玩耍。自然,她也常邀马拉美:"我收拾了很久,才给您腾出一间房间,我亲爱的朋友。房间很丑,用我先生的话来说,就是拿不出手。我预先和您打声招呼。现在就等着您来了。周三我要去卡萨特小姐家吃午餐,然后和她一起去美术学校看精彩的日本展。"

1867 年巴黎世界博览会上,日本浮世绘首次被介绍到西方艺术界。1890 年,国立高等美术学院举办了一场日本浮世绘展,展出自肇始期至 1860 年的日本浮世绘,画展极为成功。贝尔特在给路易丝·喜瑟内的信中称:"我知道您已经回到巴黎,我真想见到你们。只可惜咱们的目的地不同,您要去看日本画,而我得去梅松尼尔开幕式。还是您的选择好些,日本艺术是多么精美啊!"[1]

---

[1] 《路易丝·喜瑟内致贝尔特·莫里索的信》,1890 年 5 月 23 日,马蒙丹美术馆。

　　贝尔特为浮世绘着迷,但玛丽·卡萨特及其他的艺术家并没有受到太大的影响。

　　贝尔特回到梅姿,朱丽和表妹珍妮·戈比亚继续做她的模特儿。贝尔特画了几幅铅笔素描,描绘女儿采樱桃时在木梯上歇息的情景,也用红粉笔画出了《樱桃树》。常客雷诺阿建议她"千万得"画完《樱桃树》。贝尔特在韦伯大街画室完成了这幅作品,随后尝试创作其他两个不同的版本。

　　一次外出散步时,欧仁与贝尔特在菊杰发现了梅里城堡。迷恋于城堡之美,她写信告诉马拉美:"欧仁应该已经告诉您我们正讨价还价想买下一座城堡,对吧?我们梦想能在告别人世之前住进这个诱人的地方。不管我们最后能不能搬进去,心生向往的同时我又觉得有些疯狂。"

　　次年,马奈夫妇买下了这座城堡。

　　在这段时间,尤其是 1891 年四月间,杜兰鲁埃画廊经常展出贝尔特及其他画友的作品。皮维还是一如既往地为亲爱的朋友未能参加威望显赫的沙龙展而感到遗憾:"就像身在自己的地盘一般,您在他的画廊里尽显才华。虽说您也偶尔到沙龙参展,可我还是觉得无比遗憾。我觉得您应该获得更大的发展空间……我坚信终有一天,您会成为沙龙座上客。"①

不朽?生命逝去后留下的痕迹

　　时逢金秋,贝尔特开始觉得生活索然无味:"我有点想回

---

① 《皮维·德·夏凡纳致贝尔特·莫里索的信》,1891 年 4 月 6 日,马蒙丹美术馆。

去了。在这里，黑夜如此漫长！天上的星星沾满尘埃，我忙着清扫。否则早就收拾好行装出发了。"①冬季，马奈一家回到巴黎后，欧仁的健康状况恶化，她向马拉美道出了内心的忧虑："天气糟糕透了，欧仁下床时看得出来他瘦得厉害，他在餐桌上都已经坐不稳了。"

1892年4月13日："亲爱的朋友，一切都结束了。"欧仁的英年早逝使得贝尔特总以感伤的心情看待自己的生命：

> 我说"我也想跟着去了"，这话其实言不由衷。我还是想重新快活起来……从年少到年迈不是一蹴而就的。但一生中，只有这两个阶段，人们自问能感受到灵魂，从而证明自己的存在……我真想重新活一回，把生命中的点滴一一记录下来。我也会记下我的弱点吗？不，写下这些毫无用处。我犯错，我受苦，我再赎罪……我常想到艺术生命的不朽，我们充满物质的生命逝去后它能留下痕迹。"古往今来，有多少人想名垂千古，但最后又有几个人能真正做到这一点！"这话说得千真万确。世上人人都会死去，只有靠勤奋工作才能获得不朽。除此之外，还要永怀好心肠，要心怀慈悲：谦卑之士方能不朽。
>
> 另外，还有温情，让我们仍然活在所爱的人的记忆中，成为一段生命的小小延伸……有些人从来就

---

① 《贝尔特·莫里索致保罗·戈比亚的信》，1891年9月9日，马蒙丹美术馆。

没有灵魂，他们怎么能感受到永恒呢？我们终要揣
着秘密死去。追忆往事才能纵览永恒的人生。那些
被遗忘的旧日已经失去了存在的意义，唯有幸福的
时刻、痛苦的经历才让人刻骨铭心、永志难忘。……
梦想才是人生：梦想比现实还要真实。人在梦想中
才能做回真正的自己——如果我们有灵魂的话，这
就是灵魂所在。[1]

　　然而，5 月 25 日，贝尔特决定按原定计划在布索德与瓦拉
东画廊举办她的第一次个人画展。画展上，她展出了众多作
品，其中包括《安乐躺椅》及《朱丽手捧书本》。雷诺阿最先向
她道贺："您的画友开心地告诉您，您害怕的大黑炉不过是个
炉子，您最终还是成功地烤出了一堆鸭子，还卖得一只都不
剩。画展极其成功。"[2]之后，贝尔特的好友路易丝·喜瑟内写
道："我去看了您的画展，激动之余我又掉头重新去看了一回。
亲爱的朋友，您笔下的一切多么令人陶醉！画里表现出的优
雅以及生命力，尽显您艺术的魅力。您笔下的乡野、童年以及
处处渗透出的女性美使您的作品脱颖而出。"[3]
　　不过，正如任何阴影都难掩贝尔特画中的欢愉一样，她不
希望朱丽童年生活在自己艺术追求的光芒之下。为了换个环
境，她常带女儿外出度假。她们去了图尔，而后又去欧仁一位

---

[1]　《贝尔特·莫里索笔记（1891 年）》，马蒙丹美术馆，第 59、67、73、75—77 页。
[2]　《雷诺阿致贝尔特·莫里索的信》，1892 年 5 月 20 日，马蒙丹美术馆。
[3]　《路易丝·喜瑟内致贝尔特·莫里索的信》，1892 年 6 月 12 日，马蒙丹美
术馆。

受封为骑士的表兄居住的瓦思城堡，母女俩还到梅里呆过一段时间。

回到巴黎后，贝尔特无比遗憾地搬离维乐居大街，住进韦伯大街一幢小一点的公寓内："只要一想到身外之物也很重要，想到我的幸福与四面墙圈起的范围相关，我就觉得自己真是不开窍。我一直筹划着要搬家，朱丽在这里长大而我也在这里日渐憔悴。我所有的记忆都珍藏在心底，不可磨灭。终有一日，这记忆也会与我一起长眠地下。"①

贝尔特重拾当年在布郎尼森林湖边的宁静时光，她常常手执调色盘，给女儿讲授风景画法。马拉美希望能在瓦尔凡与她相见，并且时常取笑她。只因她喜欢"太子妃门②与塞纳河之间的小树林、小花园"。③

为了让时光不再无情地溜走，"与死亡带来的眩晕感斗争"，为了留住易逝的瞬间，贝尔特从此只潜心投入两桩爱好：画画与女儿朱丽，她把两者完美地结合起来。她这一时期的作品有：《朱丽拉琴》，《朱丽和拉特在树林》。

　　顺从又顺从，我们走向生命的尽头：有时得顺从于全盘的'失败'，有时得顺从于不确定……很久以前，我就已经无所期待。身后的无比荣耀对我而言是高不可及的雄心。我的奢望仅仅是将一些往事定格。哦，一些往事，哪怕只是一点细小的往事！这还

① 《贝尔特·莫里索笔记(1891年)》，马蒙丹美术馆，第61页。
② ［译注]太子妃门(Porte Dauphine)，巴黎西边入口，靠近布朗尼森林。
③ 保罗·瓦莱里，《贝尔特·莫里索画展目录序言》，橘园美术馆，1941年。

真是个难以实现的奢望！那么我就只要求珍藏住朱丽的一个姿势、一丝微笑，一花、一果，一截树枝，这类小东西总会让我心满意足。①

贝尔特也没有忘记参展，朱丽陪着她远赴布鲁塞尔，去参加"自由美学画展"。贝尔特带去好几幅画作。随后母女俩在巴黎参加了泰奥多尔·杜雷的收藏拍卖。这位大收藏家热衷于大力宣传印象派。前一年在马拉美住处结识的新朋友卡米耶·莫克莱给贝尔特写信："我离开伯蒂画廊时，内心被美深深慑住。我忍不住把这一切写出来与您分享。首先，在所有刚刚观看过的画作中，您是唯一一个我认识的画家。再者，您的署名，您的参展让我想起马奈，想起这位无疑是大师的艺术家。您的作品是对他艺术魅力及艺术成就最好的总结……在所有画作中，您的小女儿身穿芭蕾舞裙的画像透露出一种柔情，宛如豪情万丈中闪现的一缕微笑。"②

在马拉美和杜雷的帮助下，政府购买了第 30 号拍卖画作《身着芭蕾舞裙的女孩》，将之收藏进卢森堡美术馆。贝尔特·莫里索终于给后代留下了宝贵的遗产。

贝尔特在布列塔尼度过了她生命中最后的假期。她去过波特里约，去过平岩城。朱丽和表姐妹们一直陪伴在她的左右。她在花园里勤奋不懈地作画，朱丽回忆道："那里，天气非常好，让我想起在梅姿和梅里的家。"从瓦尔瓦寄信时，马拉美

---

① 《贝尔特·莫里索笔记(1891 年)》，马蒙丹美术馆，第 6 页。
② 《莫克莱致贝尔特·莫里索的信》，1894 年 3 月，马蒙丹美术馆。

将邮寄地址谱成短诗："让这封短笺，翱翔至北海岸波特里约平岩城，照亮马奈太太的遁世之所。"

1870 年战争爆发后，因为生活贫困，贝尔特的健康状况一直不佳。二月，朱丽传染上流感，在照顾女儿的过程中，贝尔特病倒了，并于 1895 年 3 月 2 日去世。她留下了一幅未完成的肖像作品《小玛塞尔》。

得知这个噩耗，贝尔特的亲朋好友们既震惊又难过，莫克莱给马拉美写信道："您说什么，我亲爱的大师？从周日晚上我就一直在这里，今天早上收到您寄自巴黎的急件。马奈太太去世了！怎么会，到底怎么回事？十天前我还见过她，她说想和女儿一同到南部走走。那时候她还是一样快活，健康无恙。"①马拉美、德加和雷诺阿立刻赶回巴黎，陪伴在朱丽身旁。

3 月 4 日，古斯塔夫·热弗瓦尔在《正义报》头版撰文道："今天我们安葬了一位罕见的女艺术家……我们向她的家人致敬，向那些喜爱她的作品、深知她对现代绘画变革之贡献的人致敬……"

贝尔特曾写下遗嘱，安排身后之事，对女儿浓浓的爱力透纸背。朱丽遵从了母亲最后的嘱咐："我的小朱丽，我爱你爱得要死，甚至在我死后仍然爱你那么深。千万别哭，我们分别的这一天终要到来，我多想活着参加你的婚礼……你要跟往常一样，要努力，做个乖孩子。从你出生以来，就从没给我添过一丝丝麻烦。你拥有美貌与幸运，要好好把握这些财富。

---

① 《莫克莱致贝尔特·莫里索的信》，1895 年 3 月 5 日，马蒙丹美术馆。

我想你最好住到维乐居街,跟表姐妹们生活在一起。不过我不强求,最后还是要你自己决定。你挑一样我的东西给艾玛阿姨和你的表姐妹们,做个纪念。把莫奈的那幅《待修的船只》送给你的表哥加布里埃尔。你告诉德加先生,如果哪一天他要筹建一所美术馆,他可以来这里选走一幅马奈的作品。替我挑件纪念品给莫奈和雷诺阿,再选一幅我的画给巴托洛梅……别哭,我的孩子。我爱你,吻你。珍妮,我把朱丽托付给你了。"①

身 后 扬 名

1896 年初,"顽固派"画家们走到一起,在杜兰鲁埃画廊举办了一场莫里索回顾展,期望她能在艺术界获得应有的肯定。朱丽在日记里作了详尽的记录:

一踏进画廊,就能看见摆放在地的各幅画作。我觉得这种陈列方式展现出一种白杜鹃花般洁白纯净的效果……莫奈先生早就到了……他把手头的工作放到一边,专程赶来帮忙,真是客气。德加先生负责往墙上挂画。雷诺阿先生随即也到了,他看起来气色很差。马拉美先生包揽下画展目录的付印一事。德加先生独自一人忙着挂画……不过,我们得先商量好,那面画了素描和水彩的屏风是放在大展

---

① 《胡阿 1950 年》,第 185 页。

厅中央还是挪到尽头的那间展厅里。只有德加先生一人想把屏风留在大展厅里，可我觉得那样一来，房间就被分隔开，人们无法后退几步观赏那些大幅的作品，比如说《樱桃树》系列。当我们提到这些作品的整体性时，德加先生听都不愿意听，他说："根本就不存在什么整体性，只有傻瓜才觉得那些画是有关联的。"大家并不是只对这件事有歧见。莫奈请德加先生把屏风放到尽头的展厅，试试效果。德加先生回答说："这些素描精美绝伦，我觉得它们比起这房间里的其他作品，毫不逊色。"

"不过这样一来，观众就会只注意素描，而忽略了其他的油画。"

德加先生咆哮着说："我还得顾及那些观众?!他们个个都是睁眼瞎。我们办这次画展是为了我，为了我们自己。你们难不成还打算教观众怎么欣赏艺术吗?"

莫奈先生反驳道："我们当然要教育观众。我们至少得试试看。如果我们只为了自己办这场画展，那干嘛还得费事把画挂起来? 就这么摆在地上看看不就行了嘛。"

"你们要我撤掉钟爱的屏风?"

"我们都热爱马奈夫人，现在谈的不是单纯的一面屏风，而是马奈夫人的画展。这样吧，明天咱们把屏风放在其他的展厅里，试试效果。"

"要是你敢说这是你的意见，敢说这展厅里不放屏风效果会更好的话，那我就撤掉。"

"没问题，我敢这么说。"

这是有史以来最齐全的一次画家回顾展，一共展出了 174
幅油画、54 幅水粉、67 幅素描、69 幅水彩和 3 幅雕塑作品。马
拉美为画展目录作了序。

这次画展极为成功。雷诺阿给朱丽写道："我真想见到
您，告诉您一大堆的事。先说说画展的盛况，还有那些轰动的
报道……除阿尔塞纳·亚历山大以外，热弗瓦尔也在 6 日的
报纸上发表了一篇优美动人的评论。就我所知，还不只这
些呢。"

《白色杂志》的主编记者塔代·纳唐善在 1896 年 3 月 15
日的评论文章中写到："我们总尝试用笔墨去描述、去评论一
幅画作。只是这一回，我们却连试都不愿去试。面对这些异
常优美、打动人心的作品，我们甚至难以找出恰当的赞美之
辞。文字的苍白无力倒是会让画中的花束黯然凋谢。"

朱丽一直怀念母亲。在雷诺阿及德加的关爱下，她像母
亲一样，临摹卢浮宫中委罗内塞的画作，并偕同表姐妹们一起
出游。

朱丽眼见关爱自己的旧友——谢世："天哪！多么可怕
啊！短短的一封电报告知了马拉美先生的死讯。怎么可能？
怎么会出这种事？太可怕了！可怜的马拉美太太！可怜的詹
妮薇！天哪，爸爸妈妈的挚友，我的监护人，死神居然就这么
将他带走。我心里多么悲痛。他对我们一直那么和蔼可亲，
慈父般称我们'我的孩子们'。一想到他，我就想到那些周四

的美妙夜晚，那些欢聚一堂的欢乐时刻。"①

从那以后，朱丽成了这个业已消逝的诗人、画家群体的见证人。德加把自己的学生欧内斯特·胡阿介绍给她。欧内斯特同样出生于书香门第，他的父亲亨利·胡阿是一位工业家，同时也是充满热情的业余画家，曾把位于里斯本大街的住处变成道地的美术馆，珍藏了德加、柯罗、杜米埃、马奈、雷诺阿以及其他已逝大师的画作。

1900年5月，在欧内斯特与朱丽、保罗·瓦莱里与珍尼·戈比亚联合举办的婚礼上，雷诺阿激动不已："我和太太心中满是欢喜，你是我们梦想中的女婿……我想借用一句山里人的古话祝愿你们今后的生活锦上添花，'当幸福来敲门，得让它响三下'。"②

朱丽搬回维乐居大街的旧居，夫妇俩住在五楼，珍尼夫妇则住在四楼，保罗·戈比亚也搬来同住。朱丽还高兴万分地重回梅里城堡，时常和三个孩子在那里度假。

朱丽的日记在她过世后才得以出版。她的日记是一个时代的珍贵记录，为我们留下了一份宝贵的参考资料。朱丽夫妇并没有把艺术当成茶余饭后的消遣，而是完全献身于此。他们不仅参加许多大型的艺术活动，还经常发起印象派画展，策划了许多向她母亲致敬的画展回顾。

以诗人马拉美的话作结：

① 《朱丽·马奈日记》，1979年，第186页。
② 《雷诺阿致朱丽的信》，1900年1月17日，马蒙丹美术馆。

　　提醒大家,暂且不提这个魔法大师高超的法术,
她本人总是希望旁人能够借她表里如一的特点深入
了解她的内心。可以说,她这一生,虽赞美之言不绝
于耳,却一直孤身在艺术的道路上探索追寻。让我
们转头看看这墙上悬挂的诸多作品,大家常常赞叹
这些画作显示出一位女性的卓越才华,一位大师的
天赋异禀。许多同时代的艺术大师将她视为并肩战
斗的画友。她所有完美的作品无论与谁比肩都难掩
其非凡的价值。她的奋斗与绘画的发展紧密相连,
并在艺术史上留下了不可忽略的一笔。①

---

① 《贝尔特·莫里索画展目录序言》,1896 年,杜兰鲁埃画廊,第 46 页。

马拉美与莫里索书信 *

引　言

　　自 1873 年起,封丹中学(即今天的贡多尔塞中学)英语老师马拉美每天下课后都去拜访爱德华·马奈。他由此结识了左拉与贝尔特·莫里索。年轻的贝尔特,自 1869 年起开始为马奈做模特儿。她的形象最早出现于《阳台》,稍后还在不同作品里出现了好几次,直至 1874 年嫁给爱德华的弟弟欧仁·马奈。

　　马拉美自 1876 年开始与贝尔特·莫里索通信,但直到 1886 以后,两人才有固定的书信往来。

　　马拉美习惯在周二会见访客,莫里索则是周四。我们有时能在这些往来的信函中,读到与他们来往的诗人、画家朋友的近况,读到画展的评论,读到出游的心得或晚宴的邀约。信函除了具有历史与艺术价值,还可以让我们体味到马拉美作为书简作家的杰出才华以及莫里索对他的敬爱之情。

　　贝尔特·莫里索于 1895 年 3 月 2 日辞世,她与马拉美之

间的通信也因此终止。在临终前,她委托马拉美做女儿朱丽
的监护人。朱丽延续母亲的习惯,依旧每周四接待画家与作
家,并继续与马拉美通信。

阿尔努·多特里弗

法兰西研究学院成员

马蒙丹美术馆馆长

《朱丽与鹦鹉》,贝尔特·莫里索绘于 1893 年,素描

巴黎罗马大街 87 号

1876 年 12 月 23 日，周六

尊敬的夫人：

　　请允许我送上最深挚的哀悼①，并请原谅我上周日爽约未至。马奈已经告知我这个不幸的消息。我没有应邀登门拜访，深怕有所打搅。如果您愿意，我可以改到来年的第一个周日去您的画室叨扰。

　　尊敬的夫人，敬请与欧仁·马奈先生一起接受我最诚挚的情意。

斯特凡·马拉美

---

① 该年十月，贝尔特·莫里索的母亲逝世。

巴黎

1886 年 11 月 19 日，周五

亲爱的夫人：

我的家人不知道您惯常在哪天会客，昨晚我原本想带女儿过去问候您：她们母女俩从乡间回到巴黎后，听说错过了您的造访，深感可惜。只是初冬的时候，内人的身体不太好，我们的女儿詹妮薇因此得时常陪伴在她身旁。我们一家人决定推迟到下周四再去拜访您。还有，杜雷路过巴黎盘桓几天，他向您问好，我们约好在维尔度大街见面。

这几天，马奈的《歌剧院的化妆舞会》在拉斐特大街的弗尔①先生那里镶框，我们已经去欣赏过了。如果您有机会路过，不妨进去看看，您也会对这画赞叹不绝的。

请向马奈先生转达我们诚挚的问候，别忘了替我们亲亲森林大道的小画家②：这也是让人难以忘怀的杰作之一。

斯特凡·马拉美

巴黎

1886 年 12 月 10 日，周五

---

① 让-巴蒂斯特·弗尔(1830—1914)，巴黎歌剧院著名的男中音歌唱家，也是马奈作品的重要收藏家。他于 1873 年 11 月 18 日购入《歌剧院的化妆舞会》。

② 即贝尔特和欧仁·马奈的女儿朱丽。

亲爱的马拉美先生：

下周四，我们想请你们带女儿詹妮薇小姐一起来家吃晚饭，行吗？

莫奈和雷诺阿也都会在，他们会非常高兴跟你们一起共度美好的夜晚。另外我还想告诉您，我兴奋地拜读了您在《独立杂志》上发表的精彩文章呢①。

致以亲切的问候。

贝尔特·马奈

巴黎

1886 年 12 月 11 日，周六

你的慷慨邀约更让我感到为难惋惜。周四已经有人跟我约好，要把我介绍给德高望重的巴尔贝·多尔维利②。我实在无法推掉那头的约会，去您家舒舒服服地耗上一晚。我这个足不出户的人，真想结识莫奈与雷诺阿。这回真是太不凑巧。亲爱的夫人，看来只能等下次机会了。再有，很抱歉这封信由我的秘书代笔，因为我身染小恙，眼睛被包扎起来，无法读写。

向您和您的先生献上我们诚挚的问候，并吻吻您的小女儿。

———————

① 文章名为《戏剧点评》(*Note sur le théâtre*)，刊登在 1886 年 12 月 1 日巴黎出版的《独立杂志》(*La Revue indépendante*)上。

② ［译注］Barbey d'Aurevilly (1808—1889)，十八世纪法国作家，短篇小说家，诗人，文学评论家。著名作品有短篇小说集《群魔》。

您忠实的

斯特凡·马拉美

巴黎

1887 年 4 月 5 日，周二

亲爱的小姐：

我代表我女儿邀请您到家里来。我还想顺便问问，你是不是刚好认识一些小朋友愿意来做客呢？如果有的话，到时候能不能陪他们一起过来？我们的小演员[①]非常纯真，惹人喜爱：他们全都介于八到十三岁。

真诚地问候你们全家。

贝尔特·马奈

瓦尔凡经由(塞纳-马恩区)亚瓮转寄[②]

1887 年 8 月 21 日，周日

亲爱的马奈：

这酷热的天气让我想起你们。请告诉朱丽，一开始，我们就为她在河上架了一张跳板。一遇暴雨，河水就会变凉。但

---

① 贝尔特每年都要组织小朋友们排练、表演一出戏。
② 从 1874 年起，马拉美常常在河边租下一栋小房子，在那里会友，消磨一整个夏天。1985 年后，这所房子被改为省级斯特凡·马拉美博物馆。

整个九月,我们还是可以常去河里游泳的。这晴朗、炎热的好天气还会持续一阵,你们大可过来好好享受一番。

您的来信让我心生无限向往。在这里,我有天空和遥远的绿意,唯独缺少鲜花,我猜想你们没这样的烦恼。缺少花香的日子可真不好过。当下,我多愿用一株百年老树换得几支石竹。若能拥有一个勒诺特式的花园该多好啊!① 我念念不忘紫杉,园中不必繁华似锦,却应是装饰得宜的安身之所,是旅行中的古典闲适。这一切惟待马奈夫人的高雅品位。

我刚整理完一些诗歌,即将出版。在开始新的写作以前,我打算先充实一下自己,巴黎每年都要磨掉人的一点儿底子。

请你们来吧,大家可都盼着。这里的森林和河流都等着迎接你们。

我们全家翘首等待。

您忠实的

斯特凡·马拉美

巴黎

1887 年 11 月 17 日,周四晚

亲爱的夫人:

---

① 〔译注〕Andre Le Notre (1613—1700),在 1645 年后任路易十四的御用园林设计师,曾为沃子爵府邸和凡尔赛宫设计花园。他出身于园林设计世家,祖父与父亲也是皇室园林设计师,设计出杜勒伊花园。

　　想必您随信会收到参展的请柬①。以防万一,我还是在这封短柬中提一句。此外,我想问问,如果周日下午五点您没有其他安排的话,我能否陪朋友,《独立杂志》出版商兼画商杜迦尔丹先生②前去拜访您,他有件事想向您请教。在此谨向您及马奈先生致意。

　　您忠实的

斯特凡·马拉美

巴黎

1887 年 11 月 18 日,周五晚

　　亲爱的先生,真荣幸能结识杜迦尔丹先生。如果您,或是他有什么需要,我将不遗余力。

　　谢谢您寄来的请柬,我打算傍晚的时候过去画廊,没准那时候也可以碰到你们。

　　向您和您的家人致意

贝尔特·马奈

---

① 杜兰鲁埃画廊于 1887 年 11 月 20 日至 12 月 20 日举办皮维·德·夏凡纳油画、色粉画及素描展。

② 爱德华·杜迦尔丹(1861—1949),作家、诗人,1885 年创建《瓦格纳期刊》,1886 年创建《独立杂志》。后者刊发了大量包括马拉美在内的象征派诗人的作品。

巴黎

1887 年 12 月 11 日，周日上午

　　亲爱的先生，周四来和我们共进晚餐好吗？雷诺阿和我都对插图那件事①感到十分意外，我们想到时候问个明白呢。您不回信也没关系。要是没收到回音，我就当您是答应过来了，我可是盼着您来呢。

　　致意！

贝尔特·马奈

巴黎

1887 年 12 月 12 日，周一晚

亲爱的夫人：

　　我还是提笔给您回信吧，得知你们对插图一事感到震惊，我很不安。所幸，在这一切背后闪现着你们的微笑。

　　我一直都在等诗集的开本确定下来，现在还在等着。不过，我把需要配图的地方给您寄去，也就是随信所附之书的最后一篇②，这下可要让您好好伤伤脑筋。

---

①　马拉美曾邀请雷诺阿、莫奈、德加和莫里索为自己的散文诗选《上漆的抽屉》(Le Tiroir de Laque)画插图，并由莱维斯·布朗负责封面。按计划，贝尔特·莫里索应为《白睡莲》一诗配图。不过这个计划最终没有实现，只有雷诺阿的一幅插图于 1891 年被《书页》选为卷首插图。

②　《法国、比利时当代作家诗歌散文选集》(第一辑，第十本)：《斯特凡·马拉美诗歌散文集》(Stéphane Mallarmé, Album de Vers et de Prose)，巴黎，1887 年。本书的最后一篇即《白睡莲》。

　　至于周四，实在抱歉，我们恐怕都去不了，家里的人全病倒了，怕是要再过一阵才能再见，大家向你们问好。

　　您忠实的

斯特凡·马拉美

[信封]

　　当曙光初现，将森林染红

　　请将这本书

　　捎往遥远的维乐居大街 40 号

　　欧仁·马奈夫人手中

巴黎

1887 年 12 月 16 日，周五

亲爱的朋友：

　　我见到了德加，看得出他从您那儿染上了好情绪，谢谢。下周四他也会来参加晚宴。我太太的身体依旧欠安，她和女儿各自写了一首诗送给您，我把它们附在信后。另外还有一首很难单靠文字准确表达，只能留待我们到您家，演绎给你们看。

　　我们一家三口向你们三口之家问好。

斯特凡·马拉美

《白睡莲》插图，贝尔特·莫里索绘于 1888 年，铜板画

巴黎

1888 年 4 月 7 日，周六

    亲爱的夫人，我得再次向您及马奈致歉。上周四，我本来想去拜访你们，但我病痛仍未痊愈，只能拖到下周四。将这写满万千祝福的信纸展开，就是咱们一直谈论的那本书的确切尺寸，书将在今年绿叶凋零前面世。再次为这一延误致歉！

斯特凡·马拉美

巴黎

1888 年 5 月 21 日，周一

亲爱的夫人：

    多不凑巧啊！我下午五点才从大老远折返回家，见到请柬。我赶到圣拉扎尔大街去找莫奈，可他偏巧不在。等周四晚上的画展开幕式①，我再向您表达这双重的歉意吧。

    昨天惠斯勒开了金口，对您为数不多的几件画作赞赏有加。我想今天一定有人转述给您了。不然等见了面，我可要大感荣幸地亲口学给您听。

    向我们的友谊致意！

斯特凡·马拉美

---

① 指 5 月 24 日至 6 月 25 日在佩勒提埃大街 11 号杜兰鲁埃画廊举办的画展。贝尔特展出了三幅油画、一幅色粉及一幅水彩。这次画展并未取得很大的成功。以下摘自贝尔特致莫奈的信："非常感谢您的观后感以及对画展中我那几幅不成功作品的正面评价。您一定明白，这次展览是一次彻头彻尾的失败。因此，您的鼓励更让我感怀于心。我觉得我们每个人都得为这一失败负责，当然雷诺阿与惠斯勒不在此列。公众并不可能理解这一切。"（参见 CBM，第 135 页。）

巴黎

1888 年 6 月 17 日，周日

　　亲爱的先生，做个天下第一大好人，下周四请来与我们共进晚餐吧，到时奥利维耶夫妇①也将在场。我可盼着你们过来啊。

　　向你们大家致意。

贝·马奈

巴黎

1888 年 7 月 9 日，周一晨

　　亲爱的先生，很抱歉，昨天错过了你们的来访。您留下的重要文件让我吃惊不小。既然你们打算周四来，不如就一起吃饭吧？我先生的堂兄弟到时也在，他是萨尔特省的城堡主，人挺乏味。不过你们如能在场，詹妮薇小姐若肯赏光同来，我们可就太高兴了，就让那个无趣的客人呆在角落里好了。

　　问候您全家！

贝尔特·马奈

---

① 艾米勒·奥利维耶(1825－1913)，共和国众议员及律师，并于 1870 年担任总理。

巴黎

1888 年 7 月 22 日，周日

　　亲爱的先生，我想下周四应该是你们最后一次在巴黎吧。何不来家里吃顿饭呢？我们将备感荣幸。

　　我们的教父叔叔①刚被提升为律师协会顾问团成员，我们打算为他庆祝一番。

　　要是没有收到回信的话，我就当你们答应了。到时候我也会邀请莱维斯·布朗②一起来家里吃饭。

贝尔特·马奈

巴黎

1888 年 7 月 26 日，周四

亲爱的夫人：

　　我斗胆用这个毫无表现力的图样表示雨伞，昨夜道别的时候（我们已经开始期待下次的重逢）我忘了从伞架上取走它，我现在让佣人过去取回。再次向您表达我的情谊，还请碧碧小姐③代向教父叔叔问候。

斯特凡·马拉美

----

① 即儒勒·德·朱伊律师，他和爱德华·马奈同为欧仁与贝尔特的证婚人，也是朱丽的教父。
② 莱维斯·布朗(1829—1890)，原籍爱尔兰，画家、雕刻家。马拉美曾邀请他为自己的作品《上漆的抽屉》做封面。
③ 朱丽·马奈的小名。

马拉美手绘雨伞式样

瓦尔凡经由(塞纳-马恩区)亚瓮转寄
1888 年 9 月 2 日,周日晨

亲爱的夫人,身处九月,难见阳光。你们一切可好,是否还愿意来乡间逗留一周?你们可自由挑选日期。毕阿尔太太会给你们腾出家里一半的房间(两个房间,一个佣人房及一个客厅),价钱是六十法郎。有一个美丽的花园面对着小河,河的尽头是一片森林。我觉得这一切再好不过。如有需要,我再帮你们打听。

卡萨特小姐似乎对您抱相当大的期望,我也告诉她这么想没错。德加从戈特雷来信,答应我下个月 20 日完成画作。至于您,您一向准时。我从善良的莱维斯·布朗那里还了解到您的其他可贵品德,您可别谦虚。因为出门旅游的关系,我之前没给您写信。八月,我在奥佛涅的罗雅①消磨了半月时光。现在重回此处,又勾起我许多去年的美好回忆。碧碧小姐,河水现在是沁凉的。詹妮薇每天带着马儿去玩水,这回是一匹真正的马。

再见,亲爱的三位朋友,希望我们三个人能尽快与你们重逢。

斯特凡·马拉美

1888 年 9 月 2 日,周日夜

---

① 马拉美在此处见到享受温泉的梅里·罗朗。

亲爱的马奈,我先前耍了个滑头,让您觉得烦劳了我这病人动笔写信,您的担心让我笑出来。只有给某些人写信让我觉得意兴阑珊,你们当然不在此列。关于旧函①中提到的假日安排,我就不再重复了,也没有什么要补充的。您太太曾说你们有此出行计划,不过在您的信里,我看不出动身的意向。总之你们自己决定吧,到时候给我一句话就成。

斯特凡·马拉美

巴黎

1888 年 9 月 7 日,周五晨

亲爱的朋友(如果您愿意,我就称呼您亲爱的大师),经过反复考虑,我们遗憾地取消这次出行计划。出于一大堆既明智又烦人的原因,我们还是决定乖乖留在巴黎。毕阿尔太太的安排真诱人,至少我有些心动,不过我先生对这个可怜的妇人一直抱有成见:他总忘不了那床鸭绒床罩,其实当时大可把它拿掉。我们还是让您专心工作,不过去打搅为好。我们只能停留在去年的美好回忆中。相比之下,您就别抱怨自己孤身一人了。

我总想着把我的打字机寄给您,这东西一点也不轻巧可爱,但挺好用的。莱维斯·布朗答应带我去印刷厂,可迟迟没有兑现。

这些天,天气难得这么好,我勤奋地作画,没有辜负天公

---

① 即上封信。

的美意。这也是我老老实实留下来的原因之一。

　　您见到卡萨特小姐时一定代我问好，我们很想念马拉美
太太及詹妮薇小姐。

贝尔特·马奈

瓦尔凡经由(塞纳－马恩区)亚瓮转寄

1888 年 11 月 1 日，周四

　　亲爱的夫人，我在瓦尔凡提笔给您写信。你们送来的花，
此刻正摆在壁炉上。时值秋天，季节却像错置一般。窗外雨
势不小，可惜不是初秋的落叶如雨，而是真正的雨水敲打着窗
棂。尽管户外一片萧瑟的初冬景象，气温却如同夏末时闷热。
因此，我们宁可冒雨将窗门大敞。唯有壁炉上的鲜花让我们
有置身尼斯的错觉。

　　报上提到新式列车已经投入运行，南下马赛的行程缩为
两小时。我想我不会一直待在这里，今年冬天会去拜访你们，
即便是坐区间火车。就这么说定了吧，亲爱的朋友们，哪天等
我头脑一热就动身。

　　你们一路顺利吗？你们出发的那天，我整晚惦记着你们。
我的小碧碧病好了吗？从苏珊太太①那里，我仅打听到你们住
在"郊区"。我没有你们的新地址，只好把信转寄往维乐居大
街②。一个万圣节的周四晚上。

---

①　此处指爱德华·马奈的太太，她婚前名为苏珊·林候，是朱丽的伯母。
②　现为保罗·瓦莱里大街。

我一直埋头准备讲座的事,其中有四场定在明年举行。你们可别每年冬天都往南迁,要不至少也得带点好东西回来。您一直在准备画册吗?

上周日音乐会散场时,我碰见了布朗什①(我说的是雅克,这回家仆没在身旁),他说他收到一封信,信中提到雷诺阿现在很是焦虑、消沉,还有惠斯勒离开了伦敦,没准哪天会迁到巴黎。我每天与万籁俱静的森林为邻,在万圣节夜晚的第一次钟声响起以前,统共也就知道这么些新鲜事了。问马奈好,我想他一定已经安顿好,神采奕奕了。也问碧碧好。詹妮薇与内人再次感谢你们送来的玫瑰。

致意!

斯特凡·马拉美

尼斯

1888 年 11 月 8 日,周四

我亲爱的朋友,告诉您我们的新地址:西米耶斜坡上的拉提别墅。这个新家地处古罗马式旧城遗址的山丘地带,与修道院离得不远。我觉得住在这个美妙的地方就像置身意大利,在乡间隐居一样。

我们有一个很大的花园,或者不如说是一个果园,园子里

---

① 雅克-爱弥·布朗什(1861－1942),画家,作家。他小时候曾多次拜访莫里索,每次都少不了家仆的陪伴。当他静静伫立在莫里索身后观摩的时候,家仆就在外面门厅里静候。(参见 CBM,第140 页。)

满是橙树。下个月，树上的橙子就要转黄成熟了。您既然说定了要来，那真是赶巧了。我一直等着它们成熟的这一天呢。

新房子相当宽敞，留给你们的房间，越过屋外的树木就可以看见大海。朱丽觉得马拉美先生的房间充满了诗情画意。即便我们坐的是卧铺车厢，而且可以在车厢过道里活动，也难以排遣漫长旅途的疲乏。晚上皎洁的月光美仑美奂，让我窥探到先前并未发现的法国美景。

我动身前一晚见到了雷诺阿。他一点也不忧愁，相反很健谈。他挺满意自己的画。他还打算骑着三轮车来看我们呢！候塞得太太①也跟我提到莫奈一直等着我们前去拜访，还说他给我们准备了一个惊喜：一幅风景人物画。我从来没尝试过这样的题材，说起来，还得怪您呢。

我那几朵小花换回了这么热情优美的回信。这次我会从花园里再采一些寄给你们。这可是本地的风俗，再说也只是举手之劳。您的回函写得多美啊……好了，我不再唠唠叨叨惹您烦了。我只想告诉您，在我们这个地方，有时找不着人聊天，还挺闷的。

朱丽在写作业，还在学曼陀林，如果能把这些情景画下来倒真不错，不过我压根还没动笔。

您还不了解我的丈夫，他看起来像精神饱满，其实烦躁得很。您可别说出来。

---

① 艾莉丝·侯塞得(1844—1911)，大收藏家欧内斯特·侯塞得的太太。欧内斯特于1874年5月在杜兰鲁埃画廊购进画作《日出·印象》(现存巴黎马蒙丹美术馆)。1881年，艾莉丝离开欧内斯特，与莫奈生活在一起，两人于1892年完婚。

请代向马拉美夫人和詹妮薇小姐转达我们的情谊,咱们不久就会再见,对吧?

贝尔特·马奈

巴黎

1889 年 1 月 5 日,周二①

我亲爱的朋友们:

时值新年,一大堆工作扑面而来,有个好朋友维里耶②又患重病,拖到现在我才着手处理这成堆未回的信件。我对您最感内疚,我想您一定能理解。更让人懊恼的是我无法亲身拜访而得借助纸笔代言,姑且不提咱们的交情,也不提您全家盛情准备的房间,就冲着那里春暖花开的好天气,我也极愿身临其境。我这里总被湿冷厚重的浓雾笼罩,一到下午,就算生了火,点了灯,还是看不清纸上的字迹。我从未感觉自己如此深陷此处,无法抽身离去。像我这样一个懒问世事、安于神游的人,待在巴黎有什么用呢?我最常神游的去处是拉提别墅!我希望能亲临那里,哪怕一天也行。不惯寒冬的妻女感谢你们的盛情邀请,只不过……随信献上诚挚的友谊,吻吻朱丽,我珍藏着她的亲笔信呢。

你们的朋友

斯特凡·马拉美

---

① 马拉美在信中标注的日期是 1888 年,当属笔误。

② 即维里耶·德·利尔-阿达姆(1839-1889),作家,晚年身患癌症并于 1889 年 8 月 18 日病逝。主要作品有《悲惨的故事》和《阿克塞勒》。

又：有人告诉我，雷诺阿状态不佳，尤其身体不好。世道就连几个真实的人也不放过。

巴黎

1889 年 2 月 17 日，周日

亲爱的夫人，我再次提笔给您写信。虽然身处异地，我时常惦记你们。

听说雷诺阿好多了，您见过他吗？我们曾担心他的健康状况会急转直下，还好只是着凉，现已痊愈。

杜兰鲁埃画廊举办的画家与雕刻家展览中的展品并非旷世巨作，但都异常精致，我知道还有两幅铜版画本该也挂在那儿。

莱维斯·布朗沉浸在小外孙女过世的悲痛中，他断断续续地印着您与我的画册，不过德加却让编辑没活儿可干，我曾把四首诗誊写在一张印花纸上寄给他，却没有下文。他在自己的诗作中自娱自乐，这是今年冬天众所周知的事实。现在他正在写第四首十四行诗。从根本上说，他不再生活于此世。在新艺术面前，人人感受着冲击，只有他华丽地抽身而出。

尽管如此，他还是参加了蒙马特大道①的展览，他的画旁挂着莫奈无以伦比的风景画：曼妙的舞者、沐浴的妇人，还有驯马骑师。莫奈模仿您的笔法，用出色的三色画笔画出清韵动人的白睡莲，还为我的书作了一幅插图。我们在音乐会散场的时候遇到卡萨特家的女眷们，她们都戴着你送的花，我们

---

① 此处指古皮尔—布梭及瓦拉东画廊。该画廊从 1878 年开始代理凡高的画。

全家(尤其我)会在周六去她们家晚餐。

　　我现在工作很不上心。给您看看我的日志补篇。您最近还在给诗歌配水彩插图吗？都画了哪些？碧碧小姐最近在读什么书？对了，马奈，我会听我女儿的，把选票投给将军①。家里厌倦冬季的母女俩问你们好，希望能亲自把问候送到。我就直说了吧，我想飞奔去尼斯维乐居大街的花园里找寻春天的足迹。

　　再次问候您！

斯特凡·马拉美

尼斯

1889 年 2 月 28 日，周四

我亲爱的朋友：

　　收到您寄来这么美的日志补篇，真是太好了。倒是我感到特别惭愧，一直拖到现在才回信告诉您，读着这些文字，我是多么乐在其中。骨子里，我跟朱丽一样，平静的心绪一旦被您打破，我以此为借口，连工作也没办法好好继续。乡间的景色实在赏心悦目，让我无心去想水彩画的事，这么一来，更配不上您的赞美之辞了。

　　现在是狂欢节，不过前些天天气真冷得可怕，还下着雨，

---

①　乔治·布郎热将军(1837－1891)，国防部部长，得到保皇党及莫里斯·巴莱斯的支持，于 1889 年当选为巴黎众议员。在造反运动的关头未能果断行事，后被控阴谋叛国，逃到比利时。

把碧碧闷坏了。她一直玩多米诺牌取乐,非常尽兴,牌是尼斯流行的淡紫色。一个成功的狂欢节靠的是主办者的品位和聪明才智,也靠大家的热情参与。只是我们总有种错觉,仿佛不在法国。我们总有这种离家在外的感觉。您可以想象等我们回到巴黎的时候该有多开心——尤其又能赶上周四的聚会。我想,待到四月底回去,咱们再见面时,我肯定是一身满面红光的乡下气。那时候还能赶得上听您的讲座吗?

我在朱丽老师家找到一本《语言学浅析:英文单词》[①],我饶有兴趣地仔细读下去,想把英语水平提高一些。

德加的十四行诗真是难懂,我越读越糊涂。这算是诗吗?说的是浴缸吧?请代我们向他致意,告诉他艾米勒·奥利维耶太太一直是他忠实的崇拜者。

多可惜你们不在这里!我有一大堆东西要给您看,家里也有充裕的地方让你们一家人小住!雷诺阿不来了,他写信说自己眼睛疼。

我们非常想念您的太太和女儿,我先生说要谢谢詹妮薇小姐把我们都变成布郎热将军派。我会把花园的橙子连带叶子采下来,给你们寄去。您可以手握桔子,试着感受一下远方的拉提别墅。不过你们可别觉得是多大的恩惠。

致以深挚的情谊!

贝尔特·马奈

---

① *Petite Philologie à l'usage des Classes et du Monde-Les Mots Anglais*, chez Truchy, Paris, 1877.

又：我老在为《白睡莲》担心。

巴黎

1889 年 4 月 14 日，圣枝主日

亲爱的朋友：

你们什么时候回来呢？冬季在这里盘旋不去。您得挥动手里的画笔，随便选种颜料把这一切变个样，也只有您能画好了。我想过在月底以前，给瓦尔凡的家里人画出几缕阳光，不过还是力不从心。我们热切地等着你们回程的列车路过这里（不过那时也许夜深了）。你们下车逗留几个小时吧，抖抖衣服上南方的尘土。马奈好吗？替我们吻吻朱丽。握紧你们的手。

斯特凡·马拉美

拉提别墅

1889 年 4 月 18 日，周四

亲爱的朋友们：

26 号周五我们的确与你们擦肩而过，但没有下车。我们想着你们，不过您也得可怜可怜我们，我们可是在滚滚尘灰中颠簸了一整天。

上个月糟糕的天气持续不断，让人随之心情黯淡。朱丽身体不舒服，也让我心烦意乱。如果您两周后能来家里吃顿晚饭

的话，我们都会很开心的……其他人还不知道我们回来了。

思念你们全家！

贝尔特·马奈

巴黎

1889 年 4 月 30 日，周二

亲爱的夫人：

我们到了瓦尔凡，我本该提笔回复你们的热心邀请，可不巧遇到一件棘手的工作。此刻我不用待在客厅里，就能想象你们周四晚上终于回到家中。我乐在其中。当然，我会满心欢喜地去参加你们的家庭晚宴，我原本想更早点见到你们。可惜今晚跟明天，我得去学校，外出两周，办公桌上堆满了急待整理的文件。

既然我马上就要在香气四溢的府上见到活力四射的你们，就此搁笔。家里人也同时问候你们。

您忠实的

斯特凡·马拉美

巴黎

1889 年 9 月 26 日，周三

亲爱的朋友，你们还在瓦尔凡吗，这次会待多久？如果周六天气还这么糟糕的话，我们就去拜访你们。

想念你们的

贝尔特·马奈

巴黎

1889 年 12 月 4 日，周三晚

亲爱的马奈：

我原本打算今天晚上去看你们，可没料到住在河对岸的邦维勒全家①先邀请了我们一家三口。我只能遗憾地借此信表达对你们，当然还有严厉的德加先生的情谊。

下次见！

斯特凡·马拉美

又：新消息，你们知道惠斯勒受勋②了吗？

---

① 泰奥多尔·德·邦维勒(1823－1891)，诗人，高踏派运动创始人，著有《荒诞的颂歌》。
② 惠斯勒受勋为"荣誉勋位团骑士"。

巴黎

1890 年 2 月 23 日①，周日

我亲爱的朋友：

　　谢谢你的来信。那么周四讲座②见，到时我会带着詹妮薇。怎么，所有人都得了流感，只有我是例外，真让人不好意思。请夫人原谅，当然也向她和朱丽转达我们的情谊。

　　握您的手！

斯特凡·马拉美

巴黎

1890 年 4 月 13 日，周日

　　我亲爱的朋友，周四一定来家里晚餐。您可不能拒绝，这是一场告别聚会③。来的朋友有德加、雷诺阿、奥利维耶夫妇和于勒院长④，院长来是要为碧碧的初领圣体仪式作准备。

　　致意！

贝尔特·马奈

---

① 马拉美将日期误写成 2 月 12 日。
② 在比利时举行六场阅读维里耶·德·利尔-阿达姆的讲座以后，1890 年 2 月 27 日，马拉美在巴黎加开了一场。在送给欧仁·马奈的演讲集扉页上，马拉美题写了一首赠诗，提及当晚的演讲："您曾屈尊聆听，/当夜幕下垂，记忆褪色/还有我为您记录下的一点一滴。"
③ 因为欧仁的健康问题，马奈夫妇要到乡间小住一段时间。他们在默朗旁的梅姿租了一间房。
④ 马奈《奥林匹亚》的集资购买者之一。他后来捐出该画，并提出由卢浮宫美术馆收藏。

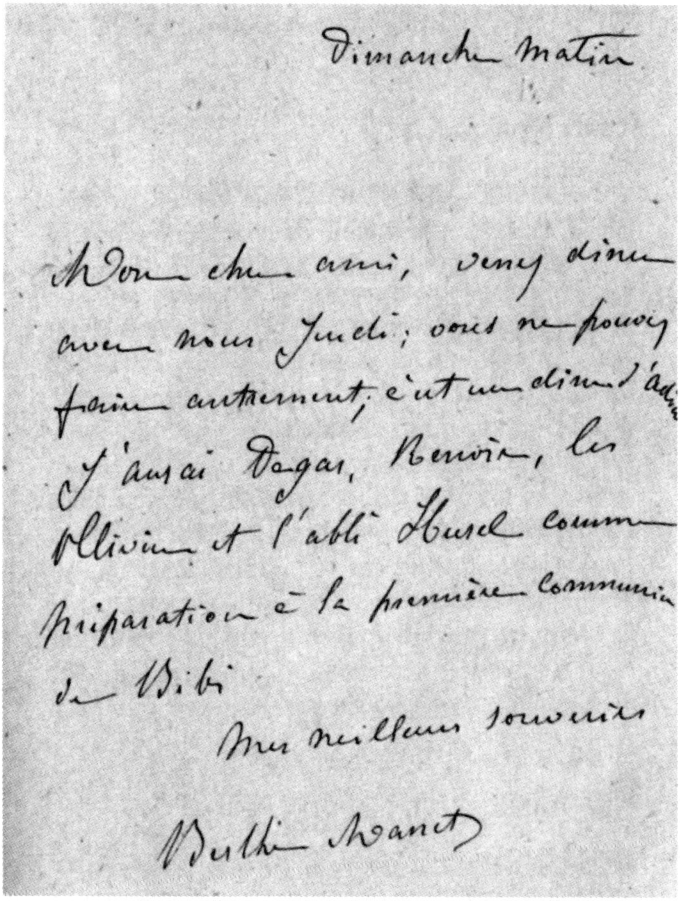

Dimanche matin

Mon cher ami, venez dîner avec nous Jeudi; vous ne pouvez faire autrement, c'est un dîner d'adi

J'aurai Degas, Renoir, les Ollivier et l'abbé Hurel comme préparation à la première Communi de Bibi

Mes meilleurs souvenirs

Berthe Manet

贝尔特·马奈1890年4月13日书信手稿

巴黎

1890 年 4 月 15 日，周二晨

亲爱的夫人：

　　我一向习惯面对专制唯唯诺诺，更何况面对如此迷人的专制呢？来，周四我一定来。致以诚挚的友谊。

　　您忠实的

斯特凡·马拉美

巴黎

1890 年 4 月 28 日

我亲爱的朋友们：

　　你们现在已经离开了，我会想念每周四的晚餐聚会，接到您来信的时候，我本来想亲自前去道别，马哈斯①也想一起去。那天晚上②他也在座。他打算离开凡尔赛前往巴黎，等安定好他就去探访你们……大雨洗刷着一切，也许您眼前雨后的乡间景色跟记忆中有所不同。不过别担心，您说的终究没错。雨过之后，树间还会抽出新叶，日渐舒展的绿叶。您寄来的衣料商地址已经收到，谢谢。整个春天我只着这种颜色，因为那灰暗合了春天的烦闷。再见我的朋友们，多遗憾只能透过信

---

① 让·马哈斯：高蹈派诗人，枫丹白露学院副院长，是马拉美周二会客日的常客。

② 指 1890 年 2 月 27 日在马奈家举办的讲座。

纸握紧你们的双手。我原本盼望能在你们出发前再见面,惠斯勒的突然造访让我脱不开身。我先前真不该那样不紧不慢,现在可后悔了。碧碧,考你一个问题:你知道神有几种美德吗?① ……向伯母②与堂兄妹们③问好。

　　我亲爱的朋友们,全家人都问你们好。

斯特凡·马拉美

梅姿

1890年5月1日,周四晨

　　我收拾了很久,才给您腾出一间房间,我亲爱的朋友。房间很丑,用我先生的话来说,就是拿不出手。我预先和您打声招呼。现在就等着您来了。

　　周三我要去卡萨特小姐家吃午餐,然后和她去美术学校看精彩的日本展④,九点我会在圣拉扎尔车站的芒特专线候车室等您。如果您愿意,可以跟我们同路回去。这是趟快车,不用一个小时就可以抵达目的地。您可以在这一直呆到周五上

---

① 尽管马奈夫妇没有履行日常的教仪,他们还是让女儿和村里的孩子们一起参加了九月的初领圣体仪式。马拉美在信中向小朱丽提了与这次仪式有关的宗教问题。
② 即艾莉丝·侯塞得,见信1888年11月8日的注释。
③ 此处指贝尔特姐姐依芙·莫里索和泰奥多尔·戈比亚的孩子保罗·戈比亚(1867－1946)和珍尼·戈比亚(1877－1970)。
④ 在1890年4月29日给贝尔特的信中,玛丽·卡萨特提到日本版画展:"老实说,您实在不该错过这次展览。毕竟您自己本人也想做彩雕,您无法想象出比这更美的艺术品了。"

午,到时您可以乘另一辆快车,九点到巴黎。这样的话,您要去学校上课还来得及。

当然,这一切都取决于到时的天气,还有您对乡间的新鲜空气是否还心动……不过您能来的话,我们可是太高兴了。再过一阵,乡间的景色就没现在这么美丽了。

我查了列车时刻表,晚间快车 9 点 20 分从巴黎发车,您只要提前几分钟赶到车站就可以了。我只买了二等车厢的往返票。

向您和家人致意!

贝尔特·马奈

又:您不回信也没关系。

巴黎
1890 年 5 月 5 日,周一

我亲爱的朋友,尽管您热情的信中提到,我没回信就表示答应下来,我还是要提笔告诉您这个简单而肯定的回答:会!我会去的! 五点过一点的时候,我会在阿姆斯特丹车站您买票的窗口旁等您。不过(我唯一的一个"不过"),我周四晚上就得回巴黎,因为周五一大早我有课,一定要去学校。

问候马奈。碧碧,你知道原罪主要有哪几种?

您的朋友

斯特凡·马拉美

巴黎

1890 年 6 月 4 日，周三

　　神甫说得没错。的确很可口，我也不计较他挪用我的专用词汇"亲爱的夫人"。说真的，在这件事上①我很支持你们，支持你们所有人。昨天，我马上赶去石料场，不过没找到马哈斯。他说他会给您留口信，我收到会即刻转告给您。塞涅波议员②太太也有回音了。她真是很客气，过问这件事，处处找人评理。不过就跟昨天杜雷先生向我建议的一样，你们最难对付的其实是市长先生，只有他才能施加绝对的影响力。

　　再见，我亲爱的朋友们。我们已经离开瓦尔凡回到巴黎，这次还随身带来了一些树枝。家里人也问候你们大家。

斯特凡·马拉美

巴黎

1890 年 6 月 5 日，周四

我亲爱的朋友：

　　我还在等塞涅波太太来信告知她最新的举措，却先收到

---

① 一个猪圈，或者说里面栖居的猪群，妨碍了马奈一家人的日常生活。大家想尽各种办法解决这个问题，马拉美也在其中积极周旋。这个猪圈属梅姿市政府所有。

② 查理·塞涅波，阿尔代什省众议员，曾获马拉美题赠作品《古希腊罗马诸神》。

马哈斯的回复。他在信中提出一条权宜之计。在依计行事前，我只劝告你们要保持耐性（这回又跟神甫一样）。和你们在梅姿的遭遇一样，这半个世纪来我所到之处总有这种困扰。这回就看我的吧，我会继续尽力而为。谨致以崇高的友谊！

斯特凡·马拉美

巴黎

1890 年 7 月 8 日，周二

我亲爱的朋友们，国庆日转眼就要到了，天气还是这么阴沉沉的。我无时无刻不在惦记着你们的事，咱们的芳邻①近来如何？远在凡尔赛，我们还在不停地帮忙想新办法对付它们。如果计划照旧的话，明天晚上我就可以到你们那儿了。哎呀！又一次只身出发，搭的还是上回那班列车。是不是还按约定的那样，周一就可以见到莫奈？要不要我给他写封信？

[信封]

纯朴的信使，请别在绿草丛间休憩逗留，一鼓作气，穿过默朗，直奔梅姿的贝尔特·马奈太太家去吧！

----

① 即信 1890 年 6 月 4 日的注释中所说之猪群。

《大碗牛奶》，贝尔特·莫里索绘于 1890 年，石墨画

梅姿

1890 年 7 月 9 日，周三

　　亲爱的朋友，谢谢您打算冒雨过来支持我们，也要谢谢您为我们卷入这场乡民纠纷。我会再给你们讲讲最近发生的一些小事，神甫相信我是被设计了。我们没见到莫奈，也没收到他的只字片语[①]：这可理解为他相信我们一定能搞定一切，或者说他正专注于工作。反正您觉得怎么合适就怎么做吧，我们听您的。不过，如果您要提笔给他写信，我希望别约在 14 号（我偏向于定在周日，或者如果你们周二还有空的话，那天也行），还有最好只约在午餐或晚餐时间；我觉得要是花上一整天时间只跟奥斯舍太太客套，实在太漫长了。

　　纯朴的信使惊讶万分，我却欣喜非常！周六咱们约在半路上见面，让我来排解您孤身出行的寂寞……不过我猜，您不会后悔带上我外甥女儿的行李。

　　向你们大家致意！

贝尔特·马奈

　　又：说真的，您不急着周一就赶回去吧？从默朗-雷姆洛有班汽车开到市中心大广场，咱们到时在默朗见！

[①]　莫奈于 7 月 11 日去信给贝尔特·莫里索："我们实在心有不安，希望这一切不至于使你们取消 14 日的来访，或者如果你们愿意改到 13 日也行。我们会非常乐意接待您、您先生及马拉美……"

巴黎

1890年7月11日，周五

　　那就明天见啦。我亲爱的朋友们，您真是太体贴了，要来默朗汽车站等我。

　　我已经给莫奈写信了，我们约在周日下午[①]见面，也许他的信比我这封信先到梅姿。您自己看吧。

　　朱丽现在总能让神甫惊奇万分呢。希望会遇到好天气。

　　您的朋友

斯特凡·马拉美

　　又：唉呀，没错，我周二得去学校讲课。

瓦尔凡经由(塞纳-马恩区)亚瓮转寄

1890年9月3日，周三

我亲爱的朋友们：

　　我总想着九月的初领圣体仪式，我情愿不去打听具体日期，而只想着这个重大仪式之后我们算是重回夏季，假期也随之开始。别忘了，我的所思所感与你们相同。

---

① 该日在吉维尼，莫奈因为未能完成马拉美《上漆的抽屉》的插图，请马拉美挑选一幅作品相赠，以示歉意。马拉美起初不好意思选走自己最喜爱的画作(莫奈作品编号，n°912)，后经贝尔特·莫里索再三催促，方拿定主意。因此马拉美写道："能与莫奈同世而生，实属幸事。"

　　每每看着湖面的波光如漂浮空中的蜘蛛游丝，我的脑中总会浮现一个身着白衣的小女孩的画面。你们那里一切可好？那些邻居①还是嘟嘟囔囔地不停抱怨吗？

　　我想起圣徒约翰②。真遗憾我已过了乔装打扮的年纪，否则我就可以想象自己是个自由自在的乡人，不用再回到城市之中。

　　我们现在有了一匹双色毛皮的马，每次马车驶过你们出过事的地方，我们就一而再地谈起你们，事情已经过去这么久了。哎！真希望你们还在这里啊！世事难测。我度过了糟糕的一个月，情绪时起时伏，事情又多又杂，整个人像跌到了谷底似的。我那小小工作间里堆满了工作，我整个人困在其中，我倒情愿每天面对着那些精美的波斯挂毯。

　　再见，朋友们。我太太和女儿亲吻你们的双手。我这个年迈的监护人③也在朱丽的面纱下印一个吻。

斯特凡·马拉美

梅姿

1890 年 10 月 10 日，周五

　　我亲爱的朋友，已经到了十月，秋高气爽，假期结束了，大

---

①　即 1890 年 6 月 4 日信中所提之猪群。
②　贝尔特曾在梅姿画过一个乔装成圣徒约翰的当地乡间孩童。（见莫里索作品 n°252，n°558）
③　在遗嘱中，贝尔特曾指定马拉美做她女儿朱丽·马奈的监护人。

家陆续返回工作。如果你们还向往乡间景致，尽管来找我们。如不出意外，我们还会在这里呆到月末。

初领圣体仪式开始的前几天，我收到您的来信。真抱歉，我一直没向您道谢，谢谢您还记挂着这件事；不过我当时已经完全退隐到乡间，感觉一直很烦躁，再加上神甫又病倒了，接替他的几个同事让我觉得很可怕。

亲爱的朋友雷诺阿在我们这里呆了好几周。不过我没有再遇到莫奈，我告诉他如果他正画到灵感泉涌的阶段，倒不用非来不可。不过如果您真要来乡间的话，我就给他写信。

我时常想念着您，想着您全家。希望不久能再相见。

贝尔特·马奈

巴黎

1890 年 10 月 11 日，周六晨

我亲爱的朋友：

这么说来，你们得面对三个替补神甫的提问，也得一而再再而三地经历这噩梦了。朱丽已经平安经历过这一切，这样最好。当时蜡烛捧在她手里，就如盛放的花。我想最终可能只有你们还会对这一切难以忘怀。啊，对了！马奈之前写信告诉我，他伤着手了，这可真是不幸，希望现在一切都没事了。我们这里也出了一个可怕的事故，车和拉车的马都掉到河里，马也淹死了，以后我再告诉您详情。发生这么多烦心事以后，我们启程回来了。我们将在诸圣瞻礼节时再回去呆三天，匆

匆享受一下金色森林的绚丽光景。这就是为什么我没有亲自登门,而只能以书信回应你们的牵挂。这个月,假期结束了,一切都需要重新安置,忙乱中要全力将一切回复到已经遗忘的假期前的生活。

　　就此搁笔,向马奈和你们初学教义的女儿,送上我深切的友谊。雷诺阿还住在那堆精美的挂毯当中吗? 我可真是羡慕他啊,也握他的手。

斯特凡・马拉美

巴黎

1890 年 12 月 17 日,周三晨

我亲爱的朋友们:

　　我觉得已经好一段时间没见到你们了,因此明天我会去参加你们的家庭晚宴。如果有事取消的话,我再给你们捎口信。

　　你们的朋友

斯特凡・马拉美

巴黎

1891 年 1 月 18 日,周日

亲爱的夫人:

我直到今天才听说宴会没有排在周四。谢谢您送来波尔提埃①的邀请信。莫奈的儿子终于有了假期,不过只有短短的三个月。

就写这么几行吧。我刚刚在拉慕鲁②家的音乐会上被《诸神的黄昏》感动得无法开口。向所有的人致意。

斯特凡·马拉美

巴黎

1891 年 1 月 19 日,周一

急件。

这真是一个凡事不该跟女眷们商量的好例子:她们告诉我,昨天就答应了人家的邀约,日期是 30 日,周日。我亲爱的朋友,这正不巧跟您订的日期冲突。但身为丈夫和父亲,我又不能反对。如果你们能再挑个日子,让我过去跟你们打声招呼问句好,那我可太开心了。

献上我的友谊!

斯特凡·马拉美

---

① 阿尔芳斯·波尔提埃(1841—1902),艺术家经纪人与颜料商人,1879 年任第四届印象派画展代理人。
② 查理·拉慕鲁(1834—1899),交响乐团团长,于 1881 年成立拉慕鲁交响乐团。乐团的宗旨是在法国传播瓦格纳的音乐。在这场 1 月 18 日举办的音乐会节目单上,列有《诸神的黄昏》中的葬礼进行曲。

梅姿

1891 年 6 月 22 日①，周一

　　我亲爱的朋友，我在梅姿点着壁炉的房间里给您写信，你们在瓦尔凡也需要这样生起火堆，对吗？您得告诉您的家人，关于出行的决定，这次我站在她们一边，我可一点也不同情您，因为您实在太专横了。欧仁也一样，他从不认错，他一点也没有意识到外面已经暴雨成灾，还不许我开口抱怨那些份量少又单调的菜单。

　　我带上了您的选集，读得兴致颇浓。到目前为止，这种阅读之乐是梅姿生活的最大乐趣。我读得很慢，这样一整个夏季我都可以沉浸在您的文字中。我的姐姐告诉我，您凭着《乌鸦》这出戏在佛得维勒剧院声名广播②。我也想夹在其中献上赞誉之辞，尽管我知道您一向对妇人之言嗤之以鼻。

　　您听过德加是怎么评论您和我的吗？7 月 14 号见面的时候我再学说给您听。

　　献上我诚挚的友谊，下次再见。

贝尔特·马奈

　　又：我在艺术展开幕日上遇到小戴布坦③，他正埋头创作四行诗，整个人显得焦虑不安。

---

①　贝尔特误将此信日期标为七月。
②　《乌鸦》这出戏由马拉美译成法语，并在佛得维勒剧院上演。
③　安德烈·戴布坦，画家马塞兰·戴布坦之子，也是贝尔特的朋友。

《演奏长笛的朱丽》，贝尔特·莫里索绘于 1890 年，石墨画

瓦尔凡

1891 年 6 月 27 日，周六

我亲爱的朋友：

　　今天晴空万里，我赶紧提笔给您写信，我实在不喜欢在雨天给朋友回信。不过似乎在乡间，雨天才是坐下来动笔书写的理由。再说，搁在手边的信，正因为还没来得及回复，我们才会不时想起。一旦把回信寄出，似乎就会渐渐把它淡忘了。说到底，我还是太懒了，或者说我花在工作上的时间真不少。

　　您那里呢？苹果树长得好吗？还有那些吹长笛的女孩子们呢？……谢谢您有兴趣翻阅我的《书页》。《乌鸦》这出戏在佛得维勒上演时，我在剧院里就坐。现在我已离开那里，还没完全息怒呢①。自那以后，我还时不时会感受到那些劣作带来的不快。

　　德加能说出什么好话呢？这太让我好奇了。不过我只要陪伴在您左右，就感到宁静安详，因此也很难揣测其他人的恶毒想法。

　　家里的女眷让我转达她们的情谊。不会，欧仁才不算专横呢，我也不是这样的性格。我终其一生隐忍承受，也许只在文学创作中才显得不同，那已经是我最坏的一面了。如果您或者其他人患了枯草热，我建议您让德·居依先生从卡萨特小姐那里要些碳酸烟丸②。（我似乎听见他在嘀咕：这都是些什么呀？）詹妮薇服过这药已经痊愈了。就此搁笔。

　　您的朋友

斯特凡·马拉美

---

① 马拉美在给保罗·佛尔(Paul Fort)的信中解释了不快的原因。（参见 CM 卷四，第 245 页。）

② 一种治疗哮喘的药。

瓦尔凡

1891 年 7 月 9 日，周四

我亲爱的朋友们：

　　这真是个蹊跷的夏天，我这么说不是因为一整个夏季只下过一场暴雨，而是因为我居然没见过您的面，还有我总也不知道到底德加说过些什么。我原本想在巴黎过七月，随后逃到梅姿找你们。结果我的女儿离开家，去海边看望朋友，把我留在瓦尔凡陪着身体欠安的内人，哪儿也去不了。哎，真遗憾！你们和我们的住处都远离塞纳河畔，真希望能跟你们比邻而居。我呢？要么专心工作，要么闲时无所事事。不速之客惠斯勒登门造访，我够明智，没带他去森林转悠。不过他倒是在参观宫殿的过程中狂喜不已，我们总能遇到您喜欢的第一帝国时期的家具，话题每每转移到您的身上。您提到画画？这与在园子里栽种果树，在画室里创作一样，是我很想学习的技艺，您也许会认为我还不够入门资格吧。我很怀念去年的梅姿之行。

　　向我们的友谊致意！

斯特凡·马拉美

梅姿

1891 年 7 月 14 日，周二

　　我亲爱的朋友，当我在右上角写下今天的日期时，心里感到深深的遗憾。您想知道关于德加的秘密吗？他对我可算是很不诚实的，对您却曲意奉承。这么说您满意了吧？至于我，我一点也不觉得丢脸，毕竟您也只是对您自己专横。算了，这些都已经是旧事了，我们现在聊的都是别的事情。您也只能在梅姿，在我们家里才会重提旧事。

欧仁应该已告诉您我们正讨价还价想买下一座城堡①，对吧？我们梦想是在告别人世之前住进这个诱人的地方。不管我们最后能不能搬进去，心生向往的同时我又觉得有些疯狂。如果我不能在自己的宫殿里接待您，领着您四处看看，心里可真不痛快。

借用您的原话："我工作，并一心就此老去。"这话可的的确确在说我啊。您总是能说出我的心声。我不是对自己不满意，可这话要是由我嘴里说出来，说不定会带来坏运气呢。我有一阵子没再见到莫奈、雷诺阿和他们的家人。我以后再告诉您这些事……

总之，我现在就像一个多愁善感的小姑娘给您写信。只想告诉您，多遗憾您此刻不在我的身边。要是我告诉欧仁，他准会又埋怨我总让朋友觉得索然无味。

问候您！

贝尔特·马奈

---

① 即梅里城堡，座落在塞纳-瓦兹省竹耶地区。经过反复的权衡之后，马奈夫妇最终还是买下了这座城堡。

瓦尔凡

1891 年 9 月 29 日，周二

我亲爱的朋友：

　　直到启程回家前夕，我才开始想念你们。不会的，您一定不会相信我的话！不过我说的是开始坐下来给你们写信。这念头来得很简单。当时我正眺望着汩汩的河水，那夜少有地刮起了风，吹皱了月光下的水面。每次动笔，我总放任自己的思绪驰骋，倒像是这支笔将我与心灵相通的朋友拉开了距离。相信吗，我动不动就会想象你们的城堡，我跟自己打了个赌，赌最后你们会不会买下来。你们住在那里再合适不过。我几乎亲眼看见老式客厅的壁板上挂着那件暗棕色的披风，有时这件披风的衣角从花园的大丽菊花径上方轻轻掠过。您一定得从巴黎给我寄来只字片语。这初秋的躁热还要持续一阵，您还是拖到月底再回巴黎吧。我们全家明天就要怀着不舍和伤感的心情启程了。好在我现在可以期待每周四的聚会，还有周日的几场音乐会。除此之外，我还不知道会在巴黎做什么。我想看看您最近完成的作品。握马奈的手，并问候我的小朱丽。

　　期待下次再见。

斯特凡·马拉美

梅姿

1891 年 10 月 12 日，周一

亲爱的朋友：

我们还会在这里多呆一周，天气好极了。如果你们想来看看城堡，现在可真是时候。看来我们要让这件事成真了，但我还是说不清自己是不是真想把它买下来。不过房主满心希望我们是最后的买主。我们一度谈得有点僵，现在又重新开始谈。

要是您跟女儿詹妮薇小姐还想过来好好晒晒太阳，我们会非常开心地欢迎你们。如果想留在这里过夜，我这里总能给你们准备好两张床。当然一切由你们决定，我毫不勉强。

雷诺阿过来跟我们待了一段时间，这次他太太没跟来。每每面对这个沉闷的妇人，我总感到难以描述的惊诧。不知道为什么，我觉得她跟她先生的一幅画实在太相似了。等再过几个月，我把这幅画拿给您看。

我恨不能马上回去。我想，骨子里我是一个绝不会爱上乡村生活的女人。

下次见。谢谢您的来信，您那些优美细腻的文字让我如痴如醉，异常感动。

贝尔特·马奈

巴黎

1891 年 10 月 15 日，周四

我亲爱的朋友们：

下次让我们在花园重逢吧。啊,到时得离开树荫,去恣意享受美妙的阳光。看来今年我只能透过梦境,通过您的描述去熟悉这座城堡了。

开学返校那天过得糟透了,这所学校已经把我吞噬了一大半,还不肯放过我。我不愿束手就擒,狠狠反击了几下①。家里的女眷问候你们,詹妮薇说很遗憾这次不能去作客,只能遥遥寄上她的情意。

斯特凡·马拉美

巴黎

1892年1月10日,周日

天气糟糕透了,欧仁②下床时看得出来他瘦得厉害,他在餐桌上都已经坐不稳了。我很理解您的处境,14号您就忙您的,咱们把约会推迟到下一个周四,即21号,如何?

如果没有收到回信,就表示您同意了。亲爱的大师,一切交给我来安排!

贝尔特·马奈

---

① 马拉美给副校长写了一封信,提出减少课时的申请。(参见 CM 卷六,第320页。)
② 贝尔特第一次在给马拉美的信中提到她先生的健康状况。欧仁于同年4月13日辞世。

巴黎

1892 年 2 月 21 日，周日晚

　　我亲爱的朋友们，事情不是你们猜想的那样。我着凉了，准确地说是伤风，还头疼。等我一痊愈，就问您是否同意我下周四去你们家吃晚饭（不回信就表示同意了），毕竟已经很久没有见到你们。我们就要见面了，欧仁的身体可比我强壮多了。谢谢您，回头见了！

　　我裹在大披肩下瑟瑟发抖，你们这些城堡主一定觉得很好笑吧。

斯特凡·马拉美

巴黎

1892 年 3 月 5 日，周六下午四点半

我亲爱的朋友：

　　我刚从雷诺阿家里回来。我们聊了聊近况，我还告诉他我们讨论的结果。我知道现在很难和您碰面。明天也就是周日，我一整天都会工作，哪儿也不去。如果您有空的话，来罗马大街找我好吗？我们谈谈艺术学院发生的事。

　　问候您，问候欧仁。

斯特凡·马拉美

巴黎

1892 年 3 月 16 日，周三

亲爱的朋友们，周四晚餐时见。当然除非您回信取消，或者到时候天气糟糕透顶。我又染上了流行感冒，医生建议我不要出门。马奈，到时候咱们可以聊聊热水供暖设备。我还没去听过那个合唱交响乐团的表演呢，我猜贝尔特一定已经听过了，这真让我羡慕不已。就让朱丽弹一首拉莫未发表的作品，算是补偿我们吧。

斯特凡·马拉美

巴黎

1892 年 3 月 24 日，周四

我亲爱的朋友，我很想跟您好好聊聊朱丽的监护问题。您可以叫这个送信人带回口信，告诉我周四您是否有空。早上十点左右，我会独自一人在客厅，您得准备好一套说辞，以防有人问您怎么一大早就来。如果您愿意，我也可以上您家去。不过我现在很难提前安排自己的时间。欧仁现在又这么烦躁……

这一切看似很神秘，其实只不过很可悲。

回头见。

贝尔特·马奈

又：您不是也病倒了吗？如果真是这样，就别特意为我勉强出门。

[信封]

信交马拉美府上，如果他在家，请等着带回他的回信。

巴黎

1892 年 4 月 4 日，周一晚

我亲爱的朋友，这一天总算结束了。欧仁终于彻底放弃去梅里的计划，而改为独自（或与毕沙罗同行）去杜罕那①。

我想我找到了一个合适的旅伴，一个生活贫寒但十分可靠的男孩。罗宾医生②也许可以趁机（……）带他去一个治疗的好地方。

我尽用自己的事情来打搅您，这真不是我的本意。不过还是把这看成是我们友谊的见证吧：我痛恨悲惨的故事。

谢谢。问好！

贝尔特·马奈

---

① ［译注］Touraine，位于法国卢瓦河谷地区，该地汇聚了许多座各式各样的城堡。著名的舍农索（Chenonceau）城堡就在此地。古城图尔（Tour）是杜罕那地区的首府。

② 阿尔伯特·罗宾（1847－1928），1886 年在巴黎圣彼得堡大街四号开办诊所行医。马拉美曾向维里耶·德·利尔－阿达姆推荐过这名医生。

又:欧仁寄了封信给毕沙罗,我们还在等他回复。欧仁不能再这样坐等家中了。

如果您要来我们家,先到门卫那里转一圈。

欧仁说他想见朱丽。我觉得他病得很厉害,在我看来,他剩下的日子屈指可数。

巴黎

1892 年 4 月 6 日,周三

我姐姐已经把事情告诉我了。欧仁的身体情况就是如此。他昨天一整天沉默不语,表面看起来挺平静,我也不想在一旁絮絮叨叨惹恼他。

您觉得现在怎么做合适就怎么做吧,谢谢您了。别担心我,我已经冷静下来了。

巴黎

1892 年 4 月 7 日,周四

罗宾医生只肯当面诊病?我没弄错吧?我劝马丁处理好跟(……)的关系,并让他明天上午来一趟。很可能他也没有办法。不过,我们已经尽了全力,能做的都做了。

我给欧仁唯一的亲戚瓦斯耶尔一家拍了电报,请他们从瓦斯城堡来一趟。我很清楚马丁的想法,疗养院会接管病人。

这么长时间以来，他一直是我们的家庭医生，这对我、对他来说都很棘手。

昨天，瓦斯耶尔一家来探望欧仁。今天上午我跟他们谈了很久，他们完全同意我的看法，我坚持一定要跟他们达成共识。德·朱伊律师在病床上办公，他给我出了个主意，让我把朱丽送去寄宿学校，自己一个人陪欧仁去疗养院。不过他要求我们一定要去征求专家意见，还求我别再让欧仁上他家，以免欧仁看见他的状况会烦恼。

今天早上，欧仁的病情很严重，我觉得他就要这么离开我了。而后他坚持让我随他一起乘车离开，我以前从没见过他病得这么厉害，所以坚决不让佣人跟着。噢，天啊，这一切真是可怕极了！他还擅自决定明晚就独自动身去杜罕那。今天早上，我本来已答应任由他去，自己乘火车在后面跟着。可到晚上，看见他显得那么虚弱沮丧，我又觉得他根本不可能走得动。不过他这个人，一旦做了决定，就怎么也不听劝的。

在看病以前，我们还有时间游遍卢瓦河畔，我也得在这段时间里决定好怎么安置朱丽。我原本指望能陪着她的那个人现在来不了了。

您出门前给我写封信吧，就寄到吉沃丹太太那里。您说欧仁能一个人上路吗？四天前，马丁跟我保证一定没问题的。

周日我会让姐姐告诉他，朱丽去乡下了，她绝不能再继续看到病床上的父亲，否则她这一生都忘不了这可怕的景象。

《碧碧在瓦思》，贝尔特·莫里索绘于 1889 年，石墨画

巴黎

1892 年 4 月 8 日，周五

　　去疗养院就诊的事说取消就取消了，马丁的抗议也无济于事。我还真没想到他会去抗议。他回来时只说（我也不太肯定），去杜罕那的计划要延期。

　　欧仁的病情又有变化。他的心脏开始不舒服，脚也肿起来了。如果他今晚撑不过去，就得去医院了，我希望事情不会糟糕至此。

　　日安，我亲爱的朋友。上次问候您晚安，犹觉伤感；今天向您道日安，也好受不到哪儿去。

贝尔特·马奈

巴黎

1892 年 4 月 13 日，周三

　　亲爱的朋友，一切都结束了①。

贝尔特·马奈

---

①　这段日子，贝尔特写过这么几行信："我多想一下子就沉到痛苦的底点，因为接下来我就只剩振作这一条路。这整整三个晚上，我都泪水涟涟。天啊！饶了我吧！回忆才是不朽的真实生活，其他那些被遗忘的往事，在记忆中被抹去的片段，既然没有存在的价值，也就像一切从没发生过。那些温柔的日子，那些痛苦的时刻，既已在我们的心中深深烙下印记，我们又何需借物思人？既然如此，最好还是把这些情书付之一炬吧……我也想过重新再活一次，仔细记录下我的生活点滴，列举出我的不足。算了，这么做也无济于事；我忏悔过，我痛苦过，我也自我惩罚过。要是把这一切都写下来，也不过是本拙劣的自传，淹没在万千人的故事中。"（参见 CBM，第 166 页。）

巴黎

1892 年 4 月 26 日，周二

真可惜，昨天您没等到我。您刚离开没多久，我就匆匆忙忙回到家，因为有些事需要和您商量。

不久您就会收到古斯塔夫·阿道夫·于巴尔律师的信，他是 S 省和 O 省①的议员，也是我的顾问，帮我处理这堆乱糟糟的财产事务。身为法定监护人，现在得由您来负责这一切，他想跟您约个时间详细解释具体细节。

这么一安排，我真松了口气。在这个讨厌的公证员的折磨下，我感到自己像是个蹩脚的舵手，把一整艘船都弄沉了，结果对女儿失职，也没能好好纪念欧仁。您见到的这个漂亮的男孩，像印度之王似的成了我的救星。他如此自信，又充满了年轻的活力……总之，我对他备感信任。我顶着寡妇的黑纱，来往于那些讨厌的商人家中，又被没用的文件缠住，再加上丧夫之痛，日子不能再这样过下去了。

问候您和您的家人。我给您添了不少的麻烦，先道声谢谢。

贝尔特·马奈

又：我眼睛疼，写不下去了。

---

① ［译注］此处原文为缩写，具体的省名不详。

巴黎

1892 年 5 月 1 日，周日

　　亲爱的夫人们，我们全家把一切都安排妥当，连晚上交通是否顺畅这种细节都考虑在内。只有一件事，星期五两点钟，在哪里开家庭会议？

　　向大家问安。

　　又：活泼可爱的拉特①好吗？

斯特凡·马拉美

巴黎

1892 年 5 月 3 日，周二夜

　　亲爱的朋友，我想知会您（另有专函通知），法院书记官将家庭会议推迟至周五下午四点半。您提到的三个相关人员，加上德加，我已一一通知。我想您只需要通知公证员②就行，因为我没有他的具体地址。

　　问好！

斯特凡·马拉美

---

① 拉特是马拉美送给朱丽的猎兔犬。贝尔特画过好几次。（见莫里索作品编号 n°335 和 n°801）

② 此处指费尔美律师。

《写作的小女孩》，贝尔特·莫里索绘于 1889 年，石墨画

巴黎

1892 年 7 月 20 日，周三

可您没告诉我具体的日子啊，费尔美律师压根也没给我来信。我只能含糊地答应说随时听候吩咐。再见，詹妮薇现在可是完全被宠坏了。

您的朋友

斯特凡·马拉美

巴黎

1892 年 7 月 21 日，周四

我给费尔美律师回了信，约好了时间。明天我会在约定的时间到府上。上次信封里的确另有信函，明天见面时，我一定会觉得很不好意思。

随信问候您，我亲爱的朋友。

斯特凡·马拉美

巴黎

1892 年 7 月 22 日，周五

亲爱的朋友：

很抱歉，文书约好的时间，我抽不出空（还是因为那所阴森的学校……）。希望即使我没去，他也会在市政府订好下周三的约会。

我尽可能呆在家不出门，努力不去担心我太太的健康状况。詹妮薇非常思念她的母亲：很难说在这次重要会议开始前，我还能不能见到您。但如有需要，我会去接您，驾车送您过去，听听您的想法，一起想想对策。

问候您跟朱丽。

斯特凡·马拉美

瓦尔凡经由(塞纳–马恩区)亚瓮转寄
1892 年 9 月 23 日，周五

我亲爱的朋友：

离加琼镇不远，我们从火车上看到的是梅里吗？有两次，在乘车往返翁弗勒尔的路上，我在车厢里拨开旁人，挤到门旁，细细打量那所气派的屋舍。

我们在瓦尔凡的假期平淡无奇，只是我太太的健康总让人忧心忡忡，不过她现在似乎已经恢复了些。除此之外，这次的遁世之行非常有意思。我埋头写了不少东西，自得其乐，与其他人的书信往来都因此搁置了，也没有出门享受美妙的天气。现在临近节日，我给自己放一天假，到朋友家走动走动。我想先去您家①。您是否已经告别雷诺阿，离开巴黎？您现在搬到哪里了？您还憧憬搬去卢瓦河畔吗？看，我对您的近况一无所知，您大概要怪罪我了。不过我们倒是常

———————————

① 秋天，贝尔特在韦伯街租了一套公寓，公寓内部有一部分被改造成画室。

常谈到你们。就在昨天，住在隔壁的小说家的家人提到今年夏天曾经遇到过一位优雅出众的小女孩，不等她们描述完小女孩母亲的模样，我们就认定她们说的是朱丽。我告诉大家我不仅认识这个小女孩，还身为她的监护人。众人连声恭喜我有一位优秀的"教女"，这使我十分得意。顺便说一下，我这个监护人刚去过诉讼代理人马瑟那里打听，询问他们把给我的文件寄去哪里，他说邮递的是罗马大街的地址。我想知道事情的进度，您觉得一切都办妥了吗？如果确实不需要我的签名，那么在形式上，我是不是得把文件带过来，再从这里寄出？还是只吩咐门房换个信封再送去事务所就可以了呢？

您问到我近期的作品。现在的季节光线充沛，条件不错。等到十月初，要是您那里没什么意外，啊，这个念头我想都不愿想，等我再见到您时，我会兴高采烈地给您看看我优秀的近作。戈比亚太太身体好吗？德·朱伊律师呢？[①]

您看，我在信里提了这么多问题，您当然有权像我一样，总是不回信。但每次收到您的亲笔来信，我是多么开心啊。我恳求您行行好，不要不理会我这个远离在外的可怜人，给我写信，告知一些您的近况。

我们全家向您和朱丽问好。

您忠实的朋友

斯特凡·马拉美

---

① 贝尔特的姐姐依芙·戈比亚，当时病重；儒勒·德·朱伊去年夏天急病后瘫痪。故有此问。

巴黎

1892 年 9 月 26 日，周一

　　亲爱的朋友，我没有给您提笔写信，只是因为我的哀伤与日俱增。谢谢您挂念我，给我来信。我知道在动身度假前，您太太的健康已欠佳，因此一直非常想知道你们每个人的近况。

　　我想您看到的应该就是梅里：房舍占地狭长，很显凄凉，屋顶是双重斜坡式的，屋外的松树丛沿着墙面修剪齐整。从巴黎驶来的列车从不远处经过，驶向加琼镇。我上周同朱丽以及小罗西尼奥勒①还一起回去过。这个孤独的夏天，只有他寸步不离地陪着我。我的租客把花园和城堡弄得丑陋不堪——我一点也不后悔把他们请走。

　　我请小伯爵让我们在家住到一月份，好让我有充裕的时间考虑这件事。事情这么烦人，我原本应该早点想好解决的办法。

　　您该这样做：给马瑟律师写信，全权交给他，并从罗马大街把文件直接寄给他，德·朱伊律师一直没有病愈。

　　我在可怜的小杜朗②的葬礼上见到雷诺阿。他从诺瓦姆提埃赶来，次日赶回。他太太和儿子游水游得很惬意，却把他闷坏了。

　　您看得出我写不下去了，您一回来就来看我吧，我会非常

---

① 安得雷·罗西尼奥勒，作曲家，曾将马拉美的诗篇《幽灵》谱成曲。也是贝尔特的密友。

② 即查理·杜兰鲁埃(1865—1892)，保罗·杜兰鲁埃的儿子，曾负责管理纽约画廊。卒于 1892 年 9 月 18 日。

高兴的。

致意!

贝尔特·马奈

又：朱丽也向您问好。

巴黎
1892 年 12 月 30 日，周五

亲爱的詹妮薇，你愿不愿意再别上那枚我戴过的胸针，好衬出你动人的光采呢？我会感到十分开心的。

寄上我的思念与祝福！

贝尔特·马奈

瓦尔凡经由(塞纳-马恩区)亚瓮转寄
1893 年 3 月 24 日，周五

我们临时决定出发去瓦尔凡，真遗憾这次又不能过去看您和朱丽。今天早上临行前匆匆忙忙，我甚至来不及提笔给您写几行短信。当我满心以为身体已经康复的时候，又重新病倒了。我觉得非得换个环境不可，事不宜迟，再说现在的好天气转瞬即逝。现下我披着披肩，沐浴在阳光下，除了想念几个朋友以外，什么也不干，这样终于让我觉得舒服些。回头见，我的朋友，我知道你们在梅里安顿下来，什么也不缺。能不能告诉我们您姐姐①的近况,您自己别动手,让朱丽代笔吧。真可惜离得这么远,我们不知道她是否一切都好。

问候您

斯特凡·马拉美

1893 年 4 月 14 日,周四

亲爱的朋友,收到您令人愉快的短笺,我没有及时回复,请勿见怪。我倒没生什么大病,只是觉得昏头昏脑,吃什么药也没用。

这里的天气好极了,您会觉得舒适宜人。季节的转换来势迅猛,似乎在一夜间,树木已经郁郁葱葱:真正的夏天已经来临。昨天朱丽还想爬上树去采绿叶呢。

您也许得积极地面对身体的不适。您瞧,要不是我像面对公证员一样跟疾病斗争的话,我现在也许病得更严重呢。请代我和朱丽问候您的家人。

我姐姐还是老样子,您的关心让她深受感动,她请我向您转达谢意。

问候您!

贝尔特·马奈

又:行行好,您一回来就过来看我,好吗?

---

① 指依芙·戈比亚,逝于 1893 年 6 月。

瓦尔凡

1893 年 5 月 23 日，周二

亲爱的朋友：

虽然没能与布朗尼森林比邻而居，可我今年也出门享受到了美好的绿茵。而且我还打算，也许就在下周一吧，过去看看您和我的教女。今天我收到了可怜的罗西尼奥勒的信，我曾尽全力在布琼医院①四处为他作宣传。信中是个坏消息。他病倒了，住进凡森医院，他觉得自己就要死了。我还遇到了雷诺阿，他说他遇到过您。

问候你们俩！

斯特凡·马拉美

巴黎

1893 年 5 月 27 日，周六

亲爱的朋友，亲爱的大师，那就定在周一早上七点吧。如果您想找个人陪您，就告诉雷诺阿。我就不另写信了。

但愿可怜的罗西尼奥勒不会撒手人世。

问候您！

贝尔特·马奈

---

① 1784 年正式开业的医院，位于巴黎，随后迁址到克里西。

《镜前》,贝尔特·莫里索绘于 1890 年,石墨画

巴黎

1893 年 6 月 13 日，周二

　　我亲爱的朋友，周六雷诺阿可能来家里吃晚饭。您也一块来吗？参观完马里尼亚诺后，朱丽有点发烧。

贝尔特·马奈

　　又:您要是能来就不用回信了。

巴黎

1893 年 7 月 18 日，周二

　　我亲爱的朋友，真不想如此草草地去函告知您我姐姐的死讯①。按她的遗愿，只有家人参加葬礼。不过我还是邀请了几个朋友，要不是离得太远，我肯定第一个邀请您。

　　问候您！

贝尔特·马奈

瓦尔凡经由(塞纳–马恩区)亚瓮转寄

1893 年 8 月 10 日，周四

亲爱的朋友们:

---

① 见信 1893 年 3 月 24 日的注释。

　　早上出门散步的时候，看到报上提到你们的抵达日期，我才猛然意识到日子转眼就到了。虽然我感到很长时间没有见到你们，但我们似乎才刚到瓦尔凡，而我一直昏睡无为。不过我注意到周围依旧绿意盎然，生机勃勃，一准让你们想到布朗尼森林。我已经去旅馆打听过，附近有一家再合适不过，请细细听我说：考虑到房间是给两位女士预备的，其中一位（朱丽）还挺磨人——当然我什么也没说，旅店安排了一间两张床的房间，房间朝着河，每天的餐饮费用是十四，而非十六法郎。把一切交给幻想家安排是个正确的选择，我们这种人最是实际。看吧，所有的细节都没漏掉，单靠我一个人就规划出一个大美梦。

　　家里人都好，都期望快点见到你们，还有拉特。

　　您忠实的朋友

斯特凡·马拉美

瓦尔凡

1893 年 8 月 18 日，周五晚

我亲爱的朋友：

　　朱丽怎么了？我们全家都希望她没什么大毛病。不过还是挺担心你们的。

　　小旅馆已告客满，如果朱丽的身体没什么大问题的话，就提前一两天给我们来封信，好让我们再找间称心的旅馆。

　　您的朋友

斯特凡·马拉美

巴黎

1893 年 8 月 19 日，周六早上

　　没什么大问题，只是甲沟炎，很疼。加上天气热，她一整天都特别难受，又是发烧又是失眠。下周一医生会告诉我们能否出行①，我再去信告诉您。

　　我想旅馆到时候会有空的，那些过去抓蝰蛇的客人要回巴黎了。您看，我都已经打听得一清二楚了。

　　问好！

贝尔特·马奈

　　又：给您添了这么多麻烦，真是抱歉。

巴黎

1893 年 8 月 21 日，周一

　　多谢您挂念，我们乘坐的火车周四早上到。

　　随信寄上诚挚的友谊！

贝尔特·马奈

---

① 贝尔特和朱丽于 8 月 24 日到达瓦尔凡，母女俩一直呆到 9 月 4 日。贝尔特画了几幅瓦尔凡以及枫丹白露森林的水彩画（见莫里索作品编号 n°815 号至 n°821 号），她还画了马拉美的船（见莫里索作品编号 n°345）。

巴黎

1893 年 9 月 5 日，周二晨

　　亲爱的朋友，时刻表上的确标明是 1 点 4 分，至少车站的工作人员是这么告诉我的。我说对了。不过我们压根就没在这个时刻走成，到了 1 点 14 分我们还在车站。快车不在这一站停。我想您说得有道理，或者我自己压根没搞清楚。

　　一离开瓦尔凡我们就觉得无比惆怅，回到巴黎还没缓过来。我们只是住得久了，因为习惯的力量而依恋这个城市。

　　拉特把我烦透了，夜里我只好让它钻到行李箱里去。我很喜欢你们的厨房，它在那些水管中间做了个窝。早上醒来的时候，一想到已经远离你们一家，我们就感到非常失落。我一定得提笔给您写信，问个好，更想跟您的太太和女儿话几句家常。不过沿袭以往的习惯，收信人还是写上您的名字以显尊重。

　　再次问候！

贝尔特·马奈

　　又：朱丽问候詹妮薇，多谢她的细心照顾。

瓦尔凡

1893 年 9 月 6 日，周三

　　我亲爱的朋友，自你们离开后，一切都变了样，就连风也与往日不同。外面豪雨将至,小舟怯步岸边。创作的时候,我不知道该写什么,倒开始在纸上给您写信……你们在这里小住时,我们亲如一家,一起出门散步时更觉得乐趣无穷。真可惜你们已经离开,让我格外珍惜这如节庆般的往昔。你们无畏地面对一切的困难,我深感敬佩。对了,朱丽的手指好点了没有(家里人都问起来)? 你们什么时候跟着导游去利穆赞①。我太太有点轻微的咳嗽,詹妮薇总忘不了健谈的朱丽,尤其置身森林的时候,她更是活泼无忧。你们离开的那天,我觉得她圆圆的脸蛋红扑扑的,气色很好。我很喜欢您画的船,时常欣赏。

谢谢您的来信。问候你们俩。

斯特凡·马拉美

又:哈姆雷特说:"好样的,拉特!"

瓦尔凡

1893 年 9 月 28 日,周四

詹妮薇渴望能陪伴你们去枫丹白露,我这个当爸爸的看见她两眼放光的模样,当然不会扫兴,于是自己留在家里陪她妈妈。但后来见到她只身回来的沮丧样,也不免跟着难过!花圃里万紫千红,我要选些花送过去。你们回到家的时候,一

---

① 〔译注〕Limousin,地处法国中部,具有浓郁的乡村风味。

定是漂漂亮亮,足可以跟这些花束争奇斗妍。你们来这里看我①,呆了几天,让我真是大为感动。

不管怎么说,我们马上又会在这儿或您家重逢。

斯特凡·马拉美

瓦尔凡
1893 年 10 月 4 日,周三

靠了拉特的灵鼻子,你们也跟着变得敏锐了呢。天气真是糟透了!人人都呆在家里,点起火,怀念几天前的好天气。自从你们离开,我头一次不怎么进城,一直窝在家。

晚上,我去拜访小旅店店主,可惜吃了闭门羹。我都怀疑自己是否还有勇气再次登门,可第二天还是去了。店主告诉我,周日在西尼奥雷②家,大家聊来聊去都在谈论马奈母女。班家太太还提到在你们出发去火车站的路上遇见你们,当时朱丽提着琴盒。下周一一早上,就轮到我们外出躲开这里阴沉的坏天气了。再见。我猜你们没去利穆赞,可能也没去图尔。送上我的友谊。

斯特凡·马拉美

---

① 西斯莱在莫雷绘制了一组教堂组画,贝尔特和马拉美前去拜访。行前,贝尔特同女儿 9 月 18 日又重回瓦尔凡,在马拉美家小住几日。9 月 30 日她们才返回家中。
② 亨利·西尼奥雷(1850－1903),木偶小剧场的创始人。

巴黎

1893 年 12 月 11 日，周一

要不要接受……的提议，我一直犹豫不定。不过您大可以跟费尔美律师重新约个时间，如果是这样的话，回个短信给他就足够了。要是您同意他这个糟糕的安排，那就在您的名片上简单写几个字寄给他。那天您可以在两点半过来接我。要是您愿意，我也可以过去接您。

向您致歉及道谢！

贝尔特·马奈

巴黎

1893 年 12 月 28 日，周四

亲爱的大师，原以为附上费尔美律师的信，可以帮我把事情解释清楚。可您压根也没看。他提议大家周五下午三点在叙雷斯纳，他的事务所见面。如果您同意，就简单答复他并在两点半时过来接我。

他昨天晚上过来问我们同不同意这个时间安排。

朱丽和我一起向您全家致以亲切的问候。

贝尔特·马奈

巴黎

1894 年 2 月 19 日，周一

我亲爱的朋友：

上周我的眼睛肿了一整个礼拜，不知得罪了哪路神仙？我觉得应该不是韦伯街。讲座①的稿子还没准备完，我有些着慌了，闭门不出在家赶稿。明天我得去看演出《阿克塞勒》②，这就占用了一整个下午。不过我可以在晚上安排一次聚会（去牛津和剑桥以前，我非常想再见到您），您何不带朱丽过来呢？你们可以像我的学生一样，跟我的朋友们坐在一块，我们尽量少吸烟。您考虑一下，行吗？不过我总希望……

您永远的朋友

斯特凡·马拉美

巴黎

1894 年 2 月 20 日，周二

不了，我们还是不去了。学生席让我们怯步。还是等您凯旋归来再庆贺吧，只是到时候得早点通知我们，让我们第一个到场向您祝贺。

---

① 这次讲稿于 1894 年 3 月 1 日交给牛津大学，次年在巴黎由法兰西学院出版社出版，题为《牛津、剑桥：音乐与文学》。
② 马拉美好友维里耶·德·利尔-阿达姆创作的作品。参见信 1889 年 1 月 15 日的注释。

我们母女俩向您全家问好。

贝尔特·马奈

又:好好治治您的眼睛。如果您在牛津遇到一位叫法兰克林·理查的先生,请代我向他问好,他的太太和女儿是朱丽的好朋友。

巴黎

1894 年 4 月 12 日,周四

亲爱的朋友,周五下午两点我们要召开一个家庭会议。我通知了德加,他届时也会来,我猜想他很希望见到您,如果您的家人晚上七点或更早些也愿意过来韦伯街的话,我们可以一块吃晚餐。

您会回信的,对吧?

贝尔特·马奈

又:您收到的是印花公文纸,很抱歉,可这不是我的错。

如果您不能出席家庭会议,可以派个委托人来。

瓦尔凡经由(塞纳—马恩区)亚瓮转寄

1894 年 8 月 13 日,周一

我亲爱的朋友：

我们从翁弗勒尔回来了，真是不虚此行。相比之下，这里就毫无美景可言。人们正在清洗河道，河水还要断流一周。回瓦尔凡前，我们路过巴黎，只在里昂车站和法院①间打了个转，写了份文件。要能多点时间，我们一定会过去拜访你们。萨莫和梅西耶所有的话题都离不开马奈母女，她俩会来瓦尔凡②吗？在通向火车站的路上，我没再与那个小提琴琴盒相遇。给我们详细说说你们母女二人的近况吧。

献上我们的友谊。

斯特凡·马拉美

瓦尔凡

1894年8月29日，周三

怎么，你们说去就去波特里约了？我可不信，是谁告诉您这么个地方的，为什么不去其他地方，比方说巴格德勒呢？收到您寄来的美味糕点，那味道让人想起海盐饼干跟松糕。还有朱丽送来的花，就算在舞台上，年轻女孩送给教父的礼物也没有这么隆重，我真是大大的受宠若惊了。我想象着你们俩头顶优雅的薄纱，看着詹妮薇的样子，一想到九月底你们三人

---

① 1894年8月8日，重罪法庭审理费利克斯·费内翁案件。
② 贝尔特和女儿于8月8日出发，到位于圣布里厄湾的波特里约，她们原本打算在布列塔尼呆到9月23日。

游走在瓦尔凡的杨树丛中,我就满怀憧憬的喜悦。您在那儿画了很多画吗? 至于我,这么些年来,我第一次在初秋的绚丽色彩中放任自己慵懒享受。毕竟之前在这里我们都想不起阳光普照是怎么一回事。这儿的河水复流了,河床宽广,水质清澈。我就此搁笔,回到我的小船上继续做白日梦,浅浅的问候一声,一切尽在不言中。

拉特呢? 我们突然想起不知它是否习惯海滩。我的妻女和我一起,向你们送上诚挚的问候。

斯特凡·马拉美

[信封]

让这封短笺,翱翔至北海岸波特里约平岩城

照亮马奈太太的遁世之所

波特里约

1894 年 9 月 1 日,周六

先回答您这个好奇心强烈的朋友的问题吧。很简单,我们只是在圣拉扎尔车站大厅徜徉时,被墙上挂的几幅宣传画吸引,而后就作了这个决定。我们在阳光明媚的日子里收到您的四行诗。看来拜我们这次造访所赐,平岩城可世代扬名了。如果您跟我一样勇于探险的话,可以亲自过来一探究竟;你们可以全住在我这里。不过我了解您对瓦尔凡,对您的小河的一片情深,因此也无需强邀您动身。我们启程回家的时候,如果您还在瓦尔凡,希望能再次见到您。不过恐怕到时候您已经回到罗马大街的住处。我的侄子们跟我呆在一起,我们顺着海边或者在宽广的田间漫步。要是景色不是那么迷人的话,可能会更添一种意境,吸引我拿起画笔。因而,现在我的画纸上还是一片空白。

雷诺阿没能过来找我,这让我深感遗憾,我想他也有同感,至少他是这么说的。他在多维尔和伽利玛先生[①]呆在一起,散散心。我给费尔美律师写了很多信,把纸都用光了,现在只能在这些巴掌大的纸片上写些电报式的短句,毛克莱先生看了一定会很不满意[②]。

问候你们全家。再有,您想错了,我不戴薄纱的。您想象我被白色的薄纱框住夹在詹妮薇和朱丽中间,怕是在揶揄我吧。

问候您!

贝尔特·马奈

瓦尔凡经由(塞纳–马恩区)亚瓮转寄

1894 年 9 月 7 日,周五

亲爱的朋友:

您的来信让我发笑,圣拉扎尔车站大厅里的宣传画往往

---

① 保罗·伽利玛(1850—1929),伽利玛出版社创始人贾斯通(Gaston)之父,曾是游艺场场主。
② 卡米耶·毛克莱(1872—1945),1893 年同吕涅–坡一同创建杰作剧场。曾著书讨论马拉美,该书于 1894 年出版。他还给朱丽·马奈上过两年的文学课。

只能蒙骗住傻瓜,而今却能让最聪明的过客轻易决定夏日的度假地,你们可不就是活生生的例子? 事到如今,我还担心到了当地,找不到唬人的宣传画上经常描绘的那些茂密的菖兰叶,搁浅海滩的小舟。我们倒是很想跑去探个究竟,或者你们也可以过来翁弗勒尔说服我们。不过正如您所说,我们很是留恋这里的绿树碧水,再加上天气着实不好,让人提不起劲外出旅行。这几天,我要上您的公证员班杰那里,索取一张未亡证明,好为退休作准备。要是他肯签发这份证明,那我可第一个喜出望外,因为我感觉自己几乎不处于未亡状态。我等着您带上朱丽一起过来,帮助我重新恢复生机。

　　向拉特守护着的两母女献上我们的友谊。

斯特凡·马拉美

　　[信封]

　　工业猎犬啊,请将此信送交

　　北海岸波特里约平岩城的马奈太太

瓦尔凡

1894 年 10 月 18 日,周四

亲爱的两位女士:

　　你们可回巴黎了! 你们在瑟堡参加葬礼①的时候,我们很

---

① 艾玛·莫里索的丈夫阿道夫·蓬提勇(Adolphe Pontillon),于 1894 年 9 月 9 日逝于瑟堡。

马拉美 1894 年 9 月 7 日书信信封手稿

可能曾经擦肩而过。我们目前还留在瓦尔凡,希望老天爷能
赏赐几个好天。你们过来吧,把好天气一同带来。不过今天
风向刚转,真是风助您也,下了这么长时间的雨,你们来呆个
几天也好!我太太又旧病复发,让我们全家很是担忧,不过这
半个月来渐渐有了起色。她和詹妮薇一同问候你们。瓦尔凡
还是老样子,等你们,还有拉特来时,老天会开脸的。

　　满怀希望地握您的手。

斯特凡·马拉美

巴黎

1894 年 11 月 20 日,周二

　　我的朋友,我不太记得在楼梯上跟您说过什么。不过明
天我可全指望您能来了。德加抽不出空!勒霍尔家①的女眷
又没回信,总之来庆祝的人少之又少。

贝尔特·马奈

巴黎

1895 年 1 月 6 日,周日

　　亲爱的朋友,您的讲座是下周四 10 号还是下周六 12 号

---

① 亨利·勒霍尔(1848－1921),画家,同时也是装饰艺术中央联合会的创
　始人。

举行？您跟我们说的是下周六 10 号。我们想早点排好时间，因为朱丽还有课。

我们母女俩向您全家问好。

贝尔特·马奈

巴黎

1895 年 1 月 7 日，周一

在做这些口头游戏时，我希望朱丽能戴顶庚斯博罗大高帽①来。

又：如果你们同意，就坐在我们的包厢内，这样就可以遮住我了。

斯特凡·马拉美

巴黎

1895 年 1 月 8 日，周二

亲爱的女士们：

安排的座位不是包厢 E，而是 G。地方够大，容得下一大家子，大高帽也挤得进去。

---

① 马拉美指的是一幅画作，画中朱丽·马奈头戴一顶自由大高帽（见莫里索作品编号 n°414）。

问好。

斯特凡·马拉美

巴黎

1895 年 1 月 10 日，周四

朱丽得了流感，卧床休息。医生确定我大可以把她留在家里，自己出门去参加您的荣誉大会。很抱歉，到时候在我身旁不会出现那顶美丽的大高帽了。再有，您可以把她的位置让给其他人。

谢谢您，回头见。

贝尔特·马奈

巴黎

1895 年 2 月 27 日，周三

亲爱的朋友，我病了，无法开口说话，您就别来了。[①]

---

① ［译注］此处写信者为贝尔特·马奈。

参考文献缩写说明

CBM：《贝尔特·莫里索书信集》(Denis Rouart, *Correspondance de Berthe Morisot*, Editions des Quatre Chemins, Paris，1950)

CM：《斯特凡·马拉美书信集》(Henri Mondor, *Correspondance Stéphane Mallarmé*, Gallimard, Paris, 1956—1985, 11 volumes)

Monet：《克劳德·莫奈作品大全》(Daniel Zildenstein, *Catalogue raisonné de l'œuvre de Claude Monet*, Editios La Bibliothèque des Arts, Paris, 1974—1991, 5 volumes)

Manet：《爱德华·马奈作品大全》(Denis Rouat et Daniel Wildenstein, *Catalogue raisonné de l'œuvre d'Edouard Manet*, Edition La Bibliothèque des Arts, Paris, 1975, 2 volumes)

Morisot：《贝尔特·莫里索作品大全》(Marie-Louise Bataille, Georges Wildenstein, *Catalogue raisonné de l'œuvre de Berthe Morisot*, Edition Les Beaux-Arts, Paris, 1961)

译　后　记

在诸多印象派画家中，贝尔特·莫里索甚少被提及。大多数人都是从马奈的画《阳台》中"结识"这位上流社会的女性。在当时的社会，追求艺术的女性大多最后只能成为模特儿出现在其他画家的作品中，但莫里索手执画笔，终其一生追求自己的独立理想，选择成为一位战斗的"女疯子"。她的艺术探索、绘画技巧还启发了莫奈与马奈。除在法国成名的美国画家卡萨特外，莫里索可以称得上是印象派唯一一位法国女画家。但在当时，没有一位同行曾在作品中把她当成一位画家来表现。就连她的死亡文件上，也写着：无职业。

莫里索出生官宦家庭，在四个孩子中排行最小。她具有极高的艺术天赋，在姐姐们先后放弃学画之后，依旧坚定前行，而不愿仅将艺术作为点缀生活的简单爱好。如果她愿意，她原可以继续成为一个沙龙展画家，这是俯拾即是的成功。但莫里索纯粹为追求真实和自由而画，并尝试不同的表现形式，不为传统或者规则所局限。她不单涉足了男性领地，并且成为艺术革新派的一员。丧母的悲痛、外界批评的声音，并没有阻止她参加印象派的每一次画展，唯一的一次缺席只是因为怀孕而使得作品减少。而且他们夫妇还组织，并在经济上资助了印象派的最后一次画展。这个勇敢的艺术家用源源不断的新作品和不懈的行动一次次表明了自己的立场。

莫里索的生活比较宽裕，并不靠绘画谋生，她的作品甚至索价十分低廉。她也没有像其他同行一样，用言语和文字去捍卫自己的艺术追求。她只是不停地画，记录下自己眼中的生活之美。莫里索的画没有涉及重大的题材，她的兴趣也不在静物画。她画她的母亲及姐姐；她用深爱的丈夫当模特儿，记录下旅途的优美风景；她还不停地画她的女儿：与父亲在阳光下搭积木的女儿，拉琴的女儿，伏案的女儿，眼中装满憧憬的女儿……她的画，充满了女性的细腻笔触，同时又显露出创作风格的大气，画中没有狭隘的视角，没有自怜自艾的气息，我们始终能感受到她对宁静生活的满足。

我幸运地在生命中的重要阶段，遇到了这本小书。我常在莫里索的某个生命片断看到自己的欢乐及忧虑，又在她坚毅的目光中寻找到自己的答案。对我而言，这是一位完美的女性。

墨飞

庚寅年二月于香港

图书在版编目(CIP)数据

马拉美与莫里索书信集 / (法)道尔特,迪佩推编;墨飞译. —上海:
华东师范大学出版社,2010.4
  ISBN 978-7-5617-7666-7

  Ⅰ.①马… Ⅱ.①道… ②迪… ③墨… Ⅲ.①书信集－法国－近代
Ⅳ.①I565.64

中国版本图书馆 CIP 数据核字(2010)第 063252 号

VI HORAE

华东师范大学出版社六点分社

企划人　倪为国

Correspondance de Stéphane Mallarmé et Berthe Morisot (1876－1895)
by Stéphane Mallarmé, Berthe Morisot
Copyright © La Bibliothèque des Arts, Lausanne, 2008
Published by arrangement with La Bibliothèque des Arts
Simplified Chinese Translation Copyright © 2010 by East China Normal University Press Ltd
ALL RIGHTS RESERVED.
上海市版权局著作权合同登记　图字:09-2008-769 号

巴黎丛书
马拉美与莫里索书信集
(法)奥利维埃·道尔特　马尼埃尔·迪佩推　编
墨飞　译

责任编辑	孙敏
封面设计	魏宇刚
责任制作	肖梅兰

出版发行　华东师范大学出版社
社　　址　上海市中山北路 3663 号　　邮编 200062
电话总机　021－62450163 转各部门　　行政传真　021－62572105
客服电话　021－62865537 (兼传真)
门市(邮购)电话　021－62869887
门市地址　上海市中山北路 3663 号华东师范大学校内先锋路口
网　　址　www.ecnupress.com.cn

印 刷 者　上海市印刷十厂有限公司
开　　本　890×1240　1/32
插　　页　2
印　　张　4.75
字　　数　65 千字
版　　次　2010 年 7 月第 1 版
印　　次　2010 年 7 月第 1 次
书　　号　978-7-5617-7666-7/G·4436
定　　价　19.80 元

出 版 人　朱杰人

(如发现本版图书有印订质量问题,请寄回本社客服中心调换或者电话 021-62865537 联系)